12段城市边缘的真实人生

流浪乞讨者口述史

归途

王连权 著

中国出版集团 东方出版中心

**图书在版编目（CIP）数据**

归途：流浪乞讨者口述史 / 王连权著. -- 上海：
东方出版中心, 2025. 6. -- ISBN 978-7-5473-2734-0

Ⅰ. I253

中国国家版本馆CIP数据核字第2025RL8282号

### 归途：流浪乞讨者口述史

著　　者　王连权
责任编辑　周心怡
装帧设计　余佳佳
内页插图　赵　威

出 版 人　陈义望
出版发行　东方出版中心
地　　址　上海市仙霞路345号
邮政编码　200336
电　　话　021-62417400
印 刷 者　上海万卷印刷股份有限公司

开　　本　890mm×1240mm　1/32
印　　张　8.625
字　　数　170千字
版　　次　2025年7月第1版
印　　次　2025年7月第1次印刷
定　　价　59.00元

# 充满温度的生命对话

在急速变迁的时代中，流浪乞讨者往往被视为城市画卷中一抹黯淡的底色。他们的存在被简化成社会问题的注脚，其复杂的人生轨迹与情感世界却鲜少被认真凝视。本书的珍贵之处，恰在于它以口述史的方法，将这群"小人物"置于聚光灯下，被读者所看见。正如我们在社会史研究中经常强调的——那些被宏大叙事遮蔽的个体经验，往往蕴含着最鲜活的地方精神与人性力量。

本书中记录的流浪乞讨者，或因家庭变故流离失所，或因身心困顿漂泊无依，或因命运捉弄徘徊街头。他们的故事或许微不足道，却串联起中国城市化进程中难以回避的社会议题：城乡流动、家庭裂变、精神健康、社会保障……这些议题背后，是无数个体在时代浪潮中的沉浮。

王连权记录了全国各地六家社会组织的救助故事，以"三个视角"（流浪乞讨者、家人、社工和志愿者）的多元叙事，不仅突破了以往口述史的单一视角，还原了生命的复杂性，更构建起一座连接个体与社会的桥梁。这种记录本身，即是对哈布瓦赫的记忆理论的生动实践——通过个体的记忆书写，激活社会对边缘群体的集体反思。

我们通常阅读的历史往往由宏大的叙事编织而成，但真正触动人心、映照时代的，却还是那些被遗忘在角落的个体生命。即便是集体记忆，也必须经由这些个体的独特视角才能被感知与传递。这些碎片化的个体记忆，经过记录与整理，最终汇聚成一部集体的回声——这正是口述史的深邃魅力。

《归途：流浪乞讨者口述史》以一种近乎虔诚的姿态，将目光投向城市角落里那些常被忽视的身影。书中 12 个故事，如同 12 面棱镜，折射出流浪乞讨者群体的生存境遇、情感挣扎与漫漫归途。书中的每一篇口述史，皆非冰冷的汇编案例，而是充满温度的生命对话。例如《22 年后的"死而复生"》中，那个因家庭误解离家 20 余年的少年，最终在政府救助力量和社会力量的合力救助下与父亲重逢。故事里既有制度性救助的力量，更有人性善意的微光。作者以细腻的笔触捕捉到父子相拥时的颤抖、深夜寻访的执着，乃至流浪者重返社会后的忐忑。这些细节，正是行动研究的精髓。

在我看来，这些故事并非简单的苦难叙事，而是力图去揭示人性的韧性，书中写道"流浪者个体的永不言弃、流浪者家人的不离不弃、社工和志愿者的温暖相伴以及政府救助力量的关爱"，我觉得这是作者基于在"边缘"行动的最真实和客观的体会和反思，绝非一般人能够认识到的。感谢王连权以社工的敏锐和作家的细腻带领读者穿透"流浪者"这一符号化的标签，直抵每个生命个体的真实内核。

2016 年，我与连权在广州公益慈善书院相遇，作为广州公益慈善书院 MPS 班的杰出学人，连权给我一个坚定的行动研究者形象。他深耕流浪救助领域十余年，既是服务者，亦是观察者与记录者。这种双重身份赋予本书独特的张力：既有田野调查的扎实根基，又不失人文关怀的温情笔触。作为老师，我深感欣慰——他不仅延续了广州公益慈善书院的"脚踏实地，做不可能之事"传统，更以行动研究为纽带，将学术、实践与人文关怀熔铸为一体。

我尤其欣赏连权对社会工作的反思精神，他在访谈中不断反思社工角色的局限，坚持"不评判"原则，最终领悟到"激发主体性"才是救助工作的核心。这种自我审视的勇气，使得本书超越了传统救助叙事的窠臼，成为一种社会工作者"助人自助"的修行。

此外，本书不仅记录个体命运，也映射出中国社会救助体系的进步与挑战。例如，第七章聋人寻亲的科技赋能、第十二章指出未成年人救助的多重挑战，均具政策参考意义。书中对"政府主导＋社会参与"模式的肯定，也为公益领域提供了实践样本。若能加强理论框架的建设，引入"脆弱性"或者"社会排斥"等概念，本书的学术深度或可进一步提升。

在后记中，连权写道："让角落里的人看到春天。"这既是对流浪者群体的祝福，亦是对社会良知的呼唤。我相信，那些曾被遗忘的面孔——因精神障碍带着女儿流浪的母亲、在街头露宿五年的高龄长者、用 50 天陪伴唤醒姐姐的妹妹——他们的故事经由文字定格，终将汇入更广阔的社会记忆之河。

我相信，那些关于尊严、归属与救赎的追问，终将化作一粒粒种子，在更多人心中生根发芽。愿这些故事能唤起更多人对"角落"的凝视，让春天真正抵达那些长久等待的角落。

朱健刚

浙江大学社会学系教授

广州公益慈善书院创院院长

广东省千禾社区公益基金会创始人

2025 年 2 月 16 日

# 为什么要坚持

　　作为一名社工，自 2015 年至今，我和鼎和社工团队的伙伴们长期专注于流浪乞讨者救助服务工作。在这十年时间里，我经常被问到两个问题：流浪乞讨者为什么要坚持过这样的生活？我为什么要坚持专注于流浪救助领域？

　　流浪乞讨者为什么要坚持过这样的生活？

　　流浪乞讨者似乎离主流社会人群很远。但事实上，他们就生活在我们身边，只是很难引起太多注意。在五颜六色的城市画卷中，他们常常是角落里不起眼的一抹灰色。但在我看来，每一抹灰色都代表着一个真实的人生，承载着一段动人的故事。

　　"流浪是一种生活方式，乞讨是一种生存手段。回不去的故乡，待不下的他乡。"这两句感性的描述，在不同场合的分享交流中，我无数次提及。或是临时遇困，或是家庭变故，或是命运多舛，或是身体残疾，或是精神障碍，或是无所事事……流浪乞讨者群体，远离主流社会的情境与视野，逐渐沦为角落里的人。

　　特殊的存在。汤秀娟，广州大学公共管理学院副教授，广州市救助管理工作特邀监督员，从事流浪救助研究20年，她给出了更为理性的概括。众多专家学者，从制度、经济、文化、社会等诸多层面，探析流浪乞讨现象背后的成因。从汉武帝时期的《流民法》，到2003年颁布实施的《城市生活无着的流浪乞讨人员救助管理办法》，跨越千年时空的社会变迁和人文关怀，让我们发现一个共识：无论过去、现在，还是未来，流浪乞讨者群体都是我们生活中不可或缺的组成部分。

基于十年的流浪救助服务经历，我选择了12名不同类型的流浪乞讨者，去还原这12个人的生命故事，探寻其不同的生存状态与生活轨迹，解析其流浪乞讨背后的成因，并构建其与家庭、社会和自我的联结。

在这12篇口述史故事里，我采用了三个视角进行呈现：一是流浪乞讨者视角，共计四篇，通过访谈流浪乞讨者本人，还原其回归家庭、回归社会、回归自我的艰难历程；二是流浪者家人的视角，共计两篇，展现其家人的不离不弃和无微不至的关爱，是如何为流浪者铺就归家之路的；三是社工和志愿者的视角，共计六篇，通过社工、志愿者的讲述，呈现流浪者跌宕起伏的生命故事。

在上海流浪者新生活团队负责人金建、湖南省麓山枫社会工作服务中心项目主任胡晓君、金华市悦欣社会工作发展服务中心主任刘欣和一线社工蒋文艳、东莞市大众社会工作服务中心项目主任熊军民、让爱回家广州志愿服务总队队长刘富旺等人的鼎力支持下，来自上海、广州、东莞、长沙、金华五地12名流浪乞讨者的生命故事得以跨越地域，集中呈现。

这12个人里，有因妈妈患有精神障碍而带着两个年幼的女儿流浪的三母女家庭，有流落街头后回归社会的高龄长者，有22年后"死而复生"的父子团聚，有流浪未成年人的"迷途知返"，有就业帮扶中创纪录的连续七个月就业，有陪伴姐姐50天的妹妹，有被家人接回、吃上妈妈包的饺子的东北小伙子，有流浪21年的聋人踏上漫漫回家路，有流浪精神病人离家出走的十年。

我为什么要坚持专注于流浪救助领域？

对于这份坚持，我也常常扪心自问：当流浪救助服务举步维艰的时候，当不被社会大众理解的时候，当社工被谩骂而委屈的时候，当志愿者被推倒而受伤的时候，当一次次想要彻底放弃的时候……

2015—2025，回首风雨兼程的十年，以及追溯更遥远的过往，重温我个人生命历程的点点滴滴，我第一次深切感受到：我的坚持，既缘于政府主导的机缘，也源自对内心挚爱的外公的怀念。

其一，缘于政府主导的机缘，出现在2015年。

2015年，我非常尊重的一位大姐告诉我一个消息：有个100万元的项目第一次招标废标，好像是没有社工机构感兴趣。其时，我们鼎和社工团队刚刚成立两年，两年的项目服务经费总计仅有二三十万元，举步维艰，我正在犹豫着要不要转行。100万元，多么遥不可及的目标啊！

于是我们鼎和社工团队全力准备参加第二次项目招标，成功中标了。这个项目就是我们团队的第一个流浪救助项目：广州市流浪乞讨人员社会工作介入服务项目，并持续开展至 2020 年。该项目由广州市民政局社会事务处购买，旨在协助政府救助管理部门和救助管理机构，为广州中心城区街面流浪乞讨人员提供情绪疏导、情感抚慰、个案跟进、寻亲返乡、就业指引等柔性化服务。

2015 年底，我做出了一个艰难而未知的决定：放弃团队的其他项目，仅专注流浪救助领域。2018 年，我们团队参加了著名公益人莫凡发起的远山"同行伙伴"计划，重新梳理了团队的使命、愿景和价值观，将团队使命聚焦流浪救助领域：让每一个流浪者都能更有尊严地生活。

专注是专业的开始。十年时间，依托政府购买服务和慈善助力，我们团队先后运营 20 余个流浪救助服务项目。创新之举也应运而生：创建"四四二"服务模式，成立流浪救助专项基金，深度开展流浪救助服务研究。持续发展所带来的成就感、价值感和使命感，推动着我们团队阔步向前。

其二，源自对内心挚爱的外公的怀念，这伴随着一段难以名状的悠悠往事。

外公带给我三个方面沉重而深刻的影响：一是外公遭遇猝不及防的车祸而离世，让我倍感愧疚；二是外公赋予了我一个笔名——王甄，"甄"是外公的姓氏；三是冥冥之中，外公促动着我走上流浪救助服务之路。

我是一名70后，老家在黑龙江，家里七个兄弟姐妹中，我排行老六。五六岁，当我开始有清晰生活记忆时，祖辈里，只有外公健在。外公跟随大舅一家生活，距离我家有几十公里，外公偶尔会到我家住一段时间。

外公过来我家时，我会马上跟身边的发小们吹嘘几句："我外公来了，去我家，看看我外公的大胡子，比书本还长。"这时候，我把手臂极力张开，夸张地比画一下。

外公个子不高，眼睛炯炯有神，黝黑的大胡子仿佛茂密的树林。然而，好景不长，我拥有外公的幸福戛然而止，我永远失去了外公。这个令人悲痛的时刻发生在我上初中的一个秋天，外公遭遇车祸，当场去世，倒在距离我家两公里外的路边。

当时，大哥是家门口派出所的公安干警，收到其他派出所的协查通报，照片里熟悉的绑腿让大哥意识到不对劲：外公喜欢绑腿，无论什么样式的裤子，都要严严实实打个绑腿。

大哥马上赶过去，确认是外公。大哥联系上大舅得知，外公出来已有两天时间，说是到我家来，大舅还以为外公像之前无数次的轻车熟路那样，已经到了我家。据此判断：外公是在来我家的路上错过路口，走到两公里之外，在漆黑的夜晚遭遇车祸。

大哥告诉家人们外公出事的当晚，家人们正准备睡觉。翌日一早，大舅和老舅要来办理外公的后事，妈妈在哭，爸爸在劝，我的眼泪在流。大哥使劲帮我擦拭着泪水，我紧紧攥住大哥腰上的手枪，20世纪80年代初期，公安干警需要随身携带枪支弹药。

第二天，因为要代表学校参加全市中学生数学竞赛，尽管我一再坚持，仍被家人们排除在外，没能送外公最后一程，这成为我挥之不去的遗憾。那次竞赛，我倒数第二。竞赛重要，还是外公重要？无数次，我强烈鄙视我那次的"天天向上"，和没有坚持到底的"坚持"。

老家有个不成文的习俗：外孙辈分的，通常不能去给外公扫墓。所以，几十年前的遗憾，持续至今。我一直未能再去看一眼外公，上一炷香，送一束花，说一句话。

很长一段时间里，我会梦到外公：在自欺欺人的梦境里，那个漆黑的夜晚，迷路的外公得到了一次正确的指引，陌生人一句善意的问候与提醒，让外公没有错过那个熟悉的路口，而是轻轻叩响了我家的房门。

那样的逝去与别离、那样的遗憾与内疚，紧紧伴随着我，更深深影响着我。1992 年，我在黑龙江绥化学院读大二，在当时最有民间影响力的诗歌报刊《诗歌报月刊》，我发表了两首诗歌作品，第一次使用了我的笔名：王甄。甄，自然就是对外公的祭奠与纪念。多年之后，我和外公终于再次相遇。

自此，王甄的名字不断出现在《诗歌报月刊》《诗林》《诗潮》《诗神》《北方文学》《黄金时代》《青年月刊》《新青年》《中国校园文学》等全国各地的报刊。1994 年 7 月，大学毕业之际，我离校时间比室友们晚了几天。我攥着刻有"王甄"名字的个人印章，一个人躺在空荡荡的宿舍里，等待着一笔稿费。

毕业前夕,《诗歌报月刊》的责任编辑黎阳老师给我写了一封信,鼓励我毕业后继续文学创作,并告诉我有一笔稿费很快会到,嘱咐我等等。因为急着去就业单位报到,我甚至有了放弃的想法,但一想到王甄名字的背后不单单是我一个人,还有外公,于是我坚持到了最后。

王甄的故事仍在延续。1994年10月,我正式上班,被分配到黑龙江大庆市一家有2 000多人的大型国企,初始岗位是车间工人。工作一个多月之后,面对三班倒的高强度工作节奏和沉重的失落情绪,我有点扛不住,找了个理由请假歇息一周。

休假结束后,刚到车间上班,班组长就火急火燎地找到我,说有人找了我好几天。党办主任叫我过去谈话,我以为自己的怠工情绪被发现,做好了被批评教育的思想准备。

"你就是王甄?"党办主任见到我,没有客套,开门见山,问得我一头雾水。

"我是王甄吗?"我搓了搓双手,欲言又止。一瞬间,我高度紧张,几乎忘记了王甄就是我。

没等我回答,他拿出一份红头函件:"你报到的时候,我留意过你的档案资料,看了你发表的那些作品,你在车间上班有点浪费了,厂办现在缺个文字秘书,领导班子研究决定调整你的工作岗位,去厂办报到吧。"

因为我是王甄,我的职业生涯第一次出现转机,从车间工人成为厂办秘书。我不得不暗自庆幸,我是王甄。

因为我是王甄,我的生活轨迹出现更多转折。1995年底,大庆电视台需要责任编辑，在原工作单位负责人国志大哥的推荐下，我拿着厚厚的诗歌作品，第一次走进电视台，第一次见到亦师亦友的电视台老领导杰文大哥。

经过层层选拔和考核，1996 年初，我到了大庆电视台，成为一名记者和责任编辑。1998 年 2 月，我被大庆电视台外派到广州，并扎根在广州。兜兜转转，我从媒体人，成为公益人。

遗憾的是，从大庆到广州之后，我突然间失去了文学创作的激情，所有的灵感似乎都被淹没在潮湿的雨季。幸运的是，2015 年从事流浪救助之后，我又一次找到了创作的乐趣，我带领团队伙伴们撰写暖心故事、典型案例、专业论文、微电影剧本和理论专著，整个团队的文字成果累计近 300 万字。

更为幸运的是，流浪救助工作带来的些许成就感和价值感，深深弥补了我内心深处对于外公的愧疚。平凡的世界里，人与人之间，需要一句善意的问候，更需要一次暖心的陪伴。

虽然，因为种种现实的实际需要，我没有再使用我的笔名王甄。但是，穿过岁月斑驳的小径，探索内心真实的自我，我知道，冥冥之中，是王甄的名字和名字背后的内涵与外延，推动着我，激励着我，去书写，去前行。


从政府主导的机缘，到对内心挚爱的外公的怀念。我觉得，正是命运的安排，给了我专注流浪救助领域的机缘。基于以上两个坚持的理由，此时此刻，我也想到了另外一个层面的坚持：我为什么要坚持写这本流浪乞讨者口述史？

实话实说，我对于口述史写作并不了解，更不擅长，甚至有些畏难心理。在写这本口述史的过程中，我遇到很多挑战，甚至无数次想要放弃。

2022 年 10 月，我们鼎和社工团队联合广州大学副教授汤秀娟、广州市团校讲师王静、华南师范大学讲师彭杰等专家学者，开始编写专著《新时代中国社会救助：社会力量参与流浪乞讨人员救助服务研究》，并于 2024 年 7 月出版发行。

我负责这部书稿的外联工作，因此结识了更多全国各地致力于流浪救助领域的同行者：抖音寻人张益美、北京缘梦公益基金会黄静茹、上海流浪者新生活团队金建、东莞市让爱回家公益服务中心张世伟、东莞市大众社会工作服务中心熊军民、韶关市蜗牛公益互助会朱平攸、金华市悦欣社会工作发展服务中心刘欣、湖南麓山枫社会工作服务中心胡晓君、梧州市民生社会工作服务中心田翀、广州市暖加公益促进会徐智华、让爱回家广州志愿服务总队队长刘富旺，等等。

因此，我惊喜地发现，我和我们鼎和社工团队并不孤单，有许许多多的毅行者与我们一起奋力前行。我从这些公益团队所迸发出的澎湃力量中，看到了政府主导和有序推动之下，全国各地社会力量参与救助服务的蓬勃发展，更深深感受到流浪者归途背后的温暖和感动。

我对于流浪乞讨者口述史写作的首次尝试，源于中国社会学会公益慈善研究专委会和广州悦尔公益基金会联合创办的《公益》集刊，我投稿了口述史文章《我用自己的生存方式活着：一名残疾"职业"乞讨者的口述实录》。

为了写这篇口述史文章，我聚焦一名残疾"职业"乞讨者阿明，在征得他本人同意之后，在 2023 年 10 月至 2024 年 3 月期间，我对他进行了四次访谈，完成了口述史文章写作的初体验。虽然自认为我与他较为"熟悉"，但每一次访谈，他都带给我极大的震撼，我在他的生命历程中，感受到了强烈的爱，感受到了对于生命的尊重和对于生活与生存的别样诠释。

2024 年 7 月 26 日，《公益》集刊创刊号发布会在深圳举行，我的第一篇口述史文章《我用自己的生存方式活着：一名残疾"职业"乞讨者的口述实录》收录其中。浙江大学教授朱健刚、广州悦尔公益基金会理事长吕宗恕对我的口述史文章给予了充分肯定，并告知我：《公益》集刊责任编辑、社会科学文献出版社图书编辑孙瑜老师，在审核我的口述史文章时，感动得几乎落泪。

这也使我萌发了一个大胆的想法：用口述史的表现形式去写一本书，让流浪者群体的喜怒哀乐能够更真实地被看见，让流浪者家人的不离不弃能够更深刻地被看见，让社工、志愿者的身影能够更清晰地被看见，让党和政府对于流浪者群体无微不至的关爱能够更全面地被看见。

从王甄一个人的执念，到我们鼎和社工团队一群人的坚持，及至全国各地政府救助力量与社会力量的有机结合，我们默默地坚守，默默地付出。

从一篇口述史文章的撰写，到一本口述史书稿的尝试。从流浪救助领域的十年耕耘，到 12 名流浪乞讨者的风雨归途。回家的路，再曲折漫长，也要苦苦追寻。失散的亲情，任山水阻隔，也要永不言弃。

岁月里的相遇，需要我们去好好珍重。

人世间的美好，值得我们去深深凝望。

王连权

2025 年 2 月于广州市番禺区南浦岛

# 目　录

# 第一章
# 我用自己的生存方式活着①

2007 年 5 月，我离开家乡，一个人来到广州，乞讨至今。我生下来就是一条命，我不能自我放弃。活着是一种责任，我用自己的生存方式活着。

---

① 部分内容已发表，详见王连权：《我用自己的生存方式活着：一名残疾"职业"乞讨者的口述实录》，《公益（第一辑）》，北京：社会科学文献出版社，2024 年，第 177—188 页。收录本书时有修改。

自 2015 年起，在广州救助管理部门和救助管理机构的推动下，政府购买服务助力广州市鼎和社会工作服务中心长期专注于流浪救助服务，该中心先后承接 20 余个流浪救助项目。

阿明是鼎和社工团队接触的第一批残疾"职业"乞讨者①之一。他来自中部省份，出生于 1988 年，为先天性软骨病症患者，即人们常说的佝偻病，生活无法自理，需要他人长期照顾。自 2007 年起，阿明便在广州以乞讨为生。

早出晚归、骑电动三轮车、生活无法自理、高度自我保护、一聊天就走人，是阿明的行为特征。在相当长一段时间里，他以各种借口拒绝拿出身份证或残疾证，因此，他的服务档案里仅留下了他的名字。

2017 年盛夏的一个大雨滂沱的下午，鼎和社工团队的王社工坐车外出办事，出租车被堵在路上，寸步难行。焦急万分之际，王社工接到阿明的电话，他询问王社工是否有时间聊天。王社工表示有时间并告知自己正在路上堵车。阿明说他正独自躲在银行 ATM 机室里避雨、发呆，想找个人聊天。

王社工原以为他只是想打发时间，便简单寒暄几句，但阿明谈兴正浓。担心阿明因为心痛电话费而中断这次交流，王社工在

---

① "职业"乞讨者属于一种约定俗成的称谓，指在某一区域内有固定居所，但无法（因病因残）或不愿（身体正常，却没有就业动机及就业动力）通过自身劳动来获得足够的生活来源，而长期通过示弱、示残等方式进行有规律性的行乞行为，来获取较为稳定经济收入的个人或群体。但在救助管理工作领域，没有"职业"乞讨者的相关准确概念。

通话的中途表示需要挂断电话，向其他人回复电话，稍后再回拨过去。后来，两个人电话聊天持续了一个多小时。

放下电话后，雨过天晴。通过这次交流，鼎和社工团队第一次了解到阿明的人生历程：从出生、先天性残疾、第一次外出乞讨，到现在的生活现状、生命感悟，以及未来设想等。

这次通话成为分水岭。自此，鼎和社工团队多次探访阿明不同地点的暂住地，这些地方都位于偏僻的城中村，房租价格和生活成本相对较低，日常出行较为便利。

就口述史的初衷而言，自下而上、关注普通人与底层边缘人群的生活史应是其核心，至少是之一。① 选择阿明作为口述史访谈对象的原因是，自 2007 年开始，阿明在广州乞讨了 17 年。试想，一个人能够在陌生的城市里生活或者生存 17 年，他必定与这座城市产生了很深刻的联结。

这种联结，不仅蕴含着阿明作为个体所经历的时光烙印，也体现着社工和志愿者助人自助的专业践行，还展现着政府救助部门多元化救助服务的社会担当，更彰显着广州包容、接纳与关爱的城市文化。

# 一、感恩：父母没有放弃生病的我

我叫阿明。1988 年，我出生在中部省份一个县城，父母都

---

① 黄盈盈：《缘何"口述"，何以成"史"——口述史的立场、问题意识与明暗线》，《妇女研究论丛》，2023（05），98—109。

是国营工厂的工人。那时，父母两个人的工资一个月加起来不到200块钱，日子过得紧巴巴的。

我是家里的长子，弟弟比我小七岁。你一定很奇怪，在当时"只生一个好"的计划生育政策下，我们家为什么会有两兄弟呢？这样特殊的家庭组合，都是因为我的病——先天性软骨病，也就是人们常说的佝偻病。

在八个月大的时候，我四肢无力，不会翻身，不会爬，连哭声都不那么洪亮，跟其他孩子完全不一样。父母抱着我去了好几家医院检查，最终我被确诊为先天性软骨病。医生说这个病会严重影响发育，导致我身体变形，长不高，长不大。

一家权威医院的主治医生说我已没有治疗的可能性，只能靠吃补钙类药品维持，医院可以开具相关诊断证明，让父母拿着去跟单位申请生二胎的指标。但我的父母一直没有放弃生病的我，坚持长期带我去医院。

直到五六岁，我才意识到自己跟别人不一样，我身体有些畸形，比同龄人矮一大截，更无法像其他人一样跑和跳。那时，我住在爷爷奶奶家里，父母定期过来送药，主要是龙骨壮骨冲剂之类的补钙药品，奶奶每天定时给我喂药。

父母虽心有不甘，但最终只能选择妥协。1995年，我七岁，弟弟出生了。弟弟出生之后，我也回到父母身边生活，家里有了欢声笑语，父母也不再整天愁眉不展。然而，有喜就有忧，弟弟出生后不久，父母双双下岗，只能自己做点小生意养家糊口。他们下岗时都没到40岁。我时常会想：是不是父母长期请假带我去看病，才导致他们下岗。这么多年，关于父母下岗的原因，我从来没有开诚布公地与他们探讨过。因为我清楚，父母已经尽全力为我付出了，我没有勇气去触碰父母内心深处的沉重与艰辛。

我只读过两个月幼儿园，没上过小学。十岁时，我跟着三岁的弟弟一起上幼儿园。幼儿园一开始不收我，说我超龄，不符合入园要求。妈妈的中学同学是幼儿园里的老师，经过妈妈的软磨硬泡，加上我家的特殊情况，我被特批入园。在幼儿园里，让我印象最深刻的事情是学儿歌，虽然歌名想不起来了，但歌词我记得一点点：

> 门前大桥下，
> 游过一群鸭，
> 快来快来数一数，
> 二四六七八，
> 嘎嘎嘎嘎……①

我当时走路很吃力，只能骑着一辆儿童三轮车上学，弟弟在后面使劲推着我，才能勉强骑到幼儿园。我跟幼儿园的小伙伴们玩过打玻璃球之类的游戏，但我总是拖别人后腿。因此，当人数不够时，小伙伴会叫上我参加，而人数足够时，我只能当个看

① 儿歌名为《数鸭子》。《数鸭子》是一首创作于 20 世纪 80 年代的儿歌。这首歌的作词者是王嘉桢，作曲者是胡小环。它以其简单的节奏和朗朗上口的旋律，成了一代又一代儿童喜爱的经典歌曲。

客。除了弟弟之外，幼儿园里其他小伙伴都认为我是个累赘，我难以融入正常群体生活。

在个别家长眼里，我是个特殊的存在，并正在"严重"影响着其他小伙伴，所以不停地投诉我。因为我，父母没少跟其他人吵架。

后来，我不再去幼儿园。妈妈曾在家里辅导过我一段时间。但家里的小本生意需要妈妈投入更多精力，导致她没有时间辅导我，于是我开始自学弟弟幼儿园、小学的课本，遇到不懂的地方就去问弟弟。所以，我还认识很多字，现在能够正常跟人 QQ、微信交流，只是打字比较费力，所以我更习惯电话或语音交流。

我的生活自理能力越来越差，基本需要家人全天候照顾。家人因为我的病，花了很多钱，也受到别人一定程度的排斥，这一点我能够很清晰地体会到。我不想一辈子靠父母生活。

因为身体状况，我很少出门，我喜欢看中央电视台的新闻联播，渴望通过新闻了解外面的世界。新闻联播之后的天气预报也是我必看的节目，看着一个一个陌生城市的名字，我很满足，也很向往。

2007 年春节，我的老家很寒冷，而每次看全国城市天气预报时，我发现广州的温度很高，四季如春，应该是个好地方，我羡慕不已，于是萌生了强烈的念头：想到广州看看。到了广州能做什么？我不知道。经过几个月的时间，我终于说服了家人。

2007 年 5 月，我离开家乡，一个人来到广州，乞讨至今。我生下来就是一条命，我不能自我放弃。活着是一种责任，我用自己的生存方式活着。

## 二、乞讨："友谊"持续了一天半

2007 年 5 月，我来到广州。这是我独自一个人，第一次出远门，离开家乡，离开家人。

当我真的坐着火车，一个人抵达广州时，我茫然不知所措。5 月的广州已经很酷热，我从老家出来时还穿着棉衣，到了广州，马上换上了 T 恤。

到达广州的第一站是火车站附近的钟表城。车来车往，让我感到新奇，更感到害怕。因为害怕与担心，我辗转到了附近人少一点的客运站。舍不得花钱住宾馆，我从小摊贩那里买了一条荡秋千用的"床"，就是几根绳子绑着一块布的那种。

晚上，在客运站的出租车通道附近拴好"床"，我准备爬上去睡觉。正赶上工作人员过来检查，看到后告知我不能在这里睡觉，并建议我去救助站①，救助站可以免费吃住。

---

① 救助站，全称为救助管理站。《城市生活无着的流浪乞讨人员救助管理办法》旨在对城市生活无着的流浪、乞讨人员实行救助，保障其基本生活权益，并完善社会救助制度制定。该办法由中华人民共和国国务院于 2003 年 6 月 20 日发布，自 2003 年 8 月 1 日起施行。按照《城市生活无着的流浪乞讨人员救助管理办法》（国务院令第 381 号）相关规定，县级以上城市人民政府应当根据需要设立流浪乞讨人员救助站，救助站应当根据受助人员的实际需要提供下列救助：①提供符合食品卫生要求的食物；②提供符合基本条件的住处；③对在站内突发急病的，及时送医院救治；④帮助与其亲属或者所在单位联系；⑤对没有交通费返回其住所地或者所在单位的，提供乘车凭证。

在救助站里，我遇到高人"指点"：在广州乞讨收入高，完全能够养活自己，乞讨不是什么丢人的事情，放下身段，"自力更生"没有任何问题，甚至可以"发财致富"。

"发财致富"我不敢奢望，只要能养活自己就行！于是，按照那位高人的悉心"指点"，我回到火车站附近的钟表城，开始乞讨生涯。第一次乞讨时，我浑身不舒服，感觉如芒在背，不敢与人对视，低着头，靠盯着路人的脚面去判断其是男是女。遇到给钱的人，我只小声地说声谢谢，不好意思抬头。第一天乞讨，我的收入有四五十块钱。

除了意想不到的收入之外，我还遇到一位好心的四川大哥，他也是乞讨的，比我的乞讨资历"深厚"。我们两个人一拍即合，决定结伴到邻近的城中村租房居住。

四川大哥性格直爽，40 岁左右，他因制作鞭炮时发生爆炸，两只手都被炸掉了。他脾气大，力气也大，一路拉着我的滑板车，把我拉到了城中村。

我当时用的是一辆平板的滑板车，长约半米，装有四个轮子，轮子上铺着一块厚厚的木板，要靠双手撑地，一点一点挪动，速度很慢，比牛车还慢。我俩选定的房间条件不错，是一楼的两居室，有空调、冰箱、洗衣机、厨房，房租每个月 300 元，我们一人承担一半。

但好景不长。我和他合租的时间只有一天半。

合租的第二天，他身体不舒服，我单独出去乞讨，晚上回来时，我在城中村的巷子里迷了路，找了两个多小时也找不到住的地方。那时已是晚上 10 点多，城中村里手机信号差，我打了无数个电话求助，终于打通他的电话。

　　他骂骂咧咧地把我接回出租屋。回到出租屋，他发了脾气，我也急了，两个人大吵起来，他把我付的一半房租钱塞给我，把我连夜赶离了出租屋。

　　从出租屋里出来，路过村口一家灯火通明的旅馆，我问旅馆门口值班的保安住一晚要多少钱，保安说要 58 块钱，但我舍不得住旅馆，当晚就睡在火车站旁的桥洞里。由于行动不便，我的生活半径一直局限在火车站周边。

　　祸不单行。在桥洞里睡觉时，我的手机和钱包被偷。睡觉前，我把包包挂在脖子上，包是书本大小的小型挎包，有一根斜挎的带子。由于一晚上的奔波和无助，我睡得很死，完全没有察觉包包的袋子被人剪断。

　　早晨醒来，我脑袋嗡嗡地响：包丢了，手机、钱包、身份证没了，包里其他东西被扔得遍地都是。还好，我的板车还在。我火急火燎地从桥洞里滑出来，一边滑，一边哭。这时，我遇到一位好心大姐，她帮我报警，还给了我 20 块钱。

　　大姐看到我痛哭流涕的样子，没忍心马上走。她当时骑着一辆自行车，她把自行车放倒在我身边，告诉我看好她的自行车，在原地等着，她去找我的包。她到附近几个垃圾桶去翻找，真的找到了我的包，给我送了回来。

　　我一个劲地感谢大姐，恨不得给她跪下，大姐说不用这样，谁都会有难处，叫我以后千万要小心，保护好自己。我深刻体会到，广州还是善人多。

怀着五味杂陈的心情目送大姐骑车离去后，我马上检查我的包，我的钱包、身份证还在。我攥紧空空的钱包。我在钱包里做了一个夹层，很隐蔽，缝得严严实实的，夹层里藏了一张50元面值的钞票。

我反复捏着钱包的夹层，把钱包放到耳边，一次又一次地听着钱币发出的回音，千真万确，50块钱还在。我抑制住了想拆开夹层的冲动。我的手指不太灵活，那个夹层是我花了很长的时间才缝好的。

我和四川大哥的"友谊"持续了一天半。再次"开工"见面时，我离他远远的，我把我的钱财失窃，不可避免地算到他的头上。但不知不觉，我和他又恢复交往，彼此见面总有说不完的话。他的火暴脾气依然如故。他总送我些零食，而我则给他几瓶啤酒。相同的命运让我们不得不珍惜彼此。

# 三、包容：我现在的一切都是别人给的

其实，那次被偷让我损失惨重。我丢的手机是爸爸原来用过的一台老式的三星手机，黑色的，翻盖的，还有个可以拉出来的天线。除了手机，我还被偷了300多块钱。

这次丢失钱财的经历，教我更加担惊受怕。出于本能的选择，我定点"耗"在钟表城：白天在钟表城门口乞讨，晚上就露宿在钟表城保安亭旁边。保安亭有保安24小时值班。

那个保安队长高高大大的，别人都叫他"高队"或者"高佬"。他听了我的遭遇后，豪迈地拍着胸脯跟我说："兄弟，没事的，你晚上就住在这里，这里安全，没人敢动你！"

在保安亭旁边露宿的几年里，我再也没有被偷过。那里的保安们都很照顾我，有时候还送我些吃的，我一直在保安亭旁边露宿到 2013 年。从 2007 年到 2013 年，在外露宿的六年，现在回想起来，还是觉得特别艰辛。

首先，洗澡是个难题。广州天气热，几天不洗澡就浑身臭烘烘的，我没有能力自己洗澡，每次洗澡都是靠保安和商铺里的好心人帮忙。夏天还好办，用消防栓里的水就行。冬天就特别麻烦，要提前烧好热水，再搬来一个大木桶，就像给小孩子洗澡一样，把我抱进去大木桶里，洗完澡再把我抱出来。

还有，你可能会觉得反胃，大便更是个难题。我一般晚上睡觉前才大便一次，平时在外面乞讨，只能憋着，尽量不吃东西。久而久之，我基本上养成了每天只在晚上大便一次的"好习惯"。

我买回来一些黑色的垃圾袋和一个小一点的水桶，水桶的大小要适合我方便坐在上面大便，水桶不能太高，而且要结实。晚上大便的时候，我先把垃圾袋套到水桶上，再吃力地坐到水桶上面，大便之后，我再把垃圾袋丢进附近的垃圾桶。我不会随处乱丢的，如果不注意卫生，会叫周围人烦的。

说起来，别人可能无法理解，我对水桶有着特殊的感情。我乞讨的时候，三轮车上也会挂个水桶，用来装散钱，方便别人给钱。当然了，我乞讨用的水桶跟我大便时用的水桶肯定不是同一个。

乞讨收入稳定后，我的交通工具越来越便利。我买了自己的第一辆电动三轮车，没有正规手续，比常见的人力三轮车小一半，比残疾人常用的三轮车大一点点。再后来，我又陆陆续续换了更便利的三轮车，并花钱找人做了很大的改装，装了防撞护具、后备箱和扶手，方便我上下车。

2013年底，我有了一些积蓄，开始租房居住。这么多年以来，钟表城是我乞讨的"老巢"，我在这里熟人多，有安全感。租房后，因为需要找人照顾，我的生活成本高了，经济压力也大了，每个月需要四五千块钱的开销，但生活舒适度大大提高，让我在广州找到了"家"的感觉。

这期间，来自政府救助部门的关心让我久久难忘。2020年9月17日，我记得是八月初一。每月初一，我都会到寺庙附近乞讨，那天香客多，乞讨收入也多。因为临近国庆节，那天我在寺庙旁边乞讨的同时，也卖些手拿的小国旗。

那天中午，有相关部门过来检查工作，我分不清楚是救助站的还是街道的，带队领导买了一面国旗，给我扫了88元，还俯下身跟我聊天，问我的生活情况。他跟我聊天时，旁边的工作人员并没有拿出手机大拍特拍，而是很自然地站在附近，我知道这肯定不是在"作秀"。我一下子感觉很温暖，那位领导的关爱让我感受到人与人之间没有高低贵贱之分，也没有被排斥的感觉。

从2007年5月开始，我一直在广州乞讨、生活，至今已有17年。从19岁到36岁，我的青春岁月都是在广州的大街小巷里度过的。我之所以能在广州待这么多年，是因为广州的包容，让我甘于放弃尊严去乞讨，同时也深深感受到了这座城市的爱和关怀。我现在的一切都是别人给的。我现在的一切都是广州给的。

# 四、接纳：慢慢感受到公益团队的善意

这些年里，我接触到了各式各样的公益团队。对于来自公益团队的关怀，我经历了一个较为长期的接纳过程：从陌生到熟悉，去伪存真；从抗拒到接受善意，逐渐形成了一种依靠甚至是"依赖"。

2013 年，我开始接触到一些公益团队，他们大多是几个人一组，只是派发食物，我很少与他们交流。2015 年开始，关怀流浪乞讨人员的公益团队越来越多，但整体表现不一，以我个人的观点，这些团队大致可以分为四种类型：一是驱赶型，一赶了之，没有任何沟通交流，比较生硬；二是派发型，以派发生活物资为主，主动关怀不多；三是关怀型，嘘寒问暖，提供长期的关爱，能够帮助解决一些实际困难；四是宣传型，频频发照片、视频、新闻来标榜自己。

对于宣传型公益团队，我感到很气愤。他们就是利用我们这个群体的苦难来营造自己的人设。我觉得，作为残疾人，不到万不得已，谁会选择靠着乞讨过活？如果再利用我或者我们这些残疾乞讨人员的苦难，去标榜、去宣传，实在叫人难以接受。

2017 年 9 月，我无意间看到一篇公众号文章，是关于某公益团队揭露"欺骗式"乞讨现象的相关报道，里面有我乞讨的一张大照片，虽是远远的侧面照，但我还是有些难受。这个公益团队是我非常认可的团队，这种情况下，我更加感觉自己受到了某种伤害。

我马上联系了这家公益团队的负责人，愤怒地质问这件事情，态度很不友好。我比较熟悉那位负责人，我们总会见面，他很诚恳地讲述了他的立场：作为公益团队，他们的主要职责是关怀流浪乞讨人员，但也有社会倡导的职责，要敢于披露"欺骗式"乞讨行为，比如装病、装残、强讨强要等现象，更需要提醒广大市民理性施舍，在表达善意的同时，防止上当受骗。

他很真挚地跟我道歉，并对我说："阿明，你没有欺骗别人，你是真正的身体残疾，你的情况我们团队都很清楚，我们一定会采取'亡羊补牢'的措施。"在后续的新闻媒体报道里，我没有再看到我的照片。虽然这件事情让我心存芥蒂，但随着时间累积，我真正感受到了这家公益团队的韧性，我又恢复了与这个团队的密切联系。人必须有感恩之心。懂得感恩，才能珍惜生活。

源于感恩之心，我无数次幻想，如果身体正常，我一定也要去做帮助流浪乞讨人员的事情，去关心他人，去温暖他人。有志者事竟成。后来，我真的参与了一次流浪精神病人的救助工作。

2018年初夏，天气特别炎热，那段时间我没有力气骑电动车到距离更远的老地方乞讨，而是选择到离我住处不远的一家医院门口乞讨。

医院是我们乞讨人员经常去的地方，在这里，每次"开工"

所得的收入通常比其他地方高。人在医院里，在疾病、生死面前，自然会更看重健康，反而把钱看淡，这是我多年乞讨的心得。

一次中午吃饭，我拐进巷子里的快餐店，点了一份盒饭，由于我自己下不了车，老板把盒饭送到我车上，让我坐在车上吃。因为经常来，老板跟我较为熟悉，对我的电动车和乞讨的水桶印象深刻，他知道我是乞讨的。老板一边打理生意，一边告诉我一件"奇闻轶事"：前面有个空闲的商铺门口，躺着一个年轻小伙子，好几天了，他口齿不清，走不了路，每天都是蒙头睡觉，大小便都是在原地解决，看着好可怜。店老板不清楚怎么去帮助他，只能每天给他送盒饭和水。

吃完盒饭，按照店老板的指引，兜兜转转，我终于找到蜷缩在角落里的那个小伙子。他蓬头垢面，目光呆滞，无法清晰表达，也无法独立行走，对于我的问话没有任何反应，只是眼睛直勾勾地盯着我，精神似乎有点问题。我马上联系长期从事流浪乞讨人员救助服务的社工，说明情况，并按照社工的嘱咐，拍照片、录视频、发送门牌号和位置定位。我问社工是否需要我在现场等待。社工说不用，叫我自己去忙吧。我明白，社工是担心影响我的乞讨收入。

当天下午，社工联合救助部门赶到现场，经过多方协调，将小伙子送到定点精神病院诊治，并妥善安置。这些救助情况，都是参加现场救助的社工当天晚上给我反馈的，看到那个小伙子被抬上救助车、送进精神病院的照片，得到社工"已经妥善安置"

的回复，我的内心充满了难以名状的自豪与喜悦。在公益团队的帮助下，我也在需要帮助的人的人生里，注入了自己的一点光。

# 五、亲情：做过一次弟弟的"启蒙老师"

我曾经在一个公益团队的公众号里看到过一段话："回不去的故乡，待不下的他乡。"这是对我们流浪乞讨人员群体生活状态的一种描述。我比较认同，这确实反映了我们这个群体的生存现状。

对于故乡，可能是文化程度低的原因，我很少梦到故乡。我对故乡最深的记忆都是来自身边的亲人：奶奶、父母、大舅和弟弟。

1932年出生的奶奶，已经90多岁，跟姑姑生活在老家。我在奶奶身边待过五年，记忆中最好吃的人间美味，就是奶奶做的粉蒸肉，奶奶在准备五花肉、葱、姜、酱油、植物油、糖、盐、料酒等前期物料时，我便坐在灶台边上等着。很快，香味便钻进了我的鼻子里、身体里。现在回味起来，我还要使劲克制住我的唾液。

父母一直对我很好，不离不弃地照顾我。我的病掏空了家底，家里经济状况一直不太好。这几年，父母年龄大了，去了弟弟生活的城市，帮助弟弟照料一下生意。

父母家都是兄弟姊妹七个人。大舅，我妈妈的大哥，很关心我，大舅的职业是警察，不怒自威。每次来家里，大舅都会交代父母要照顾好我，临走时还叮嘱弟弟要多带我出去玩儿。每年春节，我的第一个拜年祝福都是发给大舅。

从我的角度看，弟弟从小是在蜜罐里长大的。因为我的身体状况，父母和亲戚们特别宠爱弟弟。但其实，我也做过一次弟弟的"启蒙老师"。

2012年下半年，17岁的弟弟读高二。不知道什么原因，可能是到了叛逆期，他不愿意上学，整天出去闲逛，父母和老师的话被当作耳旁风，天天我行我素。寒假期间，临近春节，我叫他来广州，他不愿意。我托人给他买好车票，绿皮火车的硬座，100块钱左右，他只好硬着头皮来了。那是他第一次来广州。

他来广州时，我还露宿在钟表城保安亭旁边，没有租房子。我介绍他到附近一家专门做煲仔饭的店铺打工，店老板很热情，包吃包住。由于他年龄小，不会做后厨工作，只能给周边写字楼送餐。煲仔饭气味重，写字楼保安不让他坐电梯，他只能走楼梯送餐，有时候，一天要爬上七八楼好几次。

2013年大年初一，弟弟放假。我让他跟我一起去寺庙乞讨，顺便带他逛逛那家寺庙，那家寺庙是广州著名景点，也算带他出去旅游一次。

我叫他坐上三轮车，我骑车带着他出发，那天下着大雨，路上行人不多，车辆也少。我骑车的速度很慢，他却担心安全，紧紧抓住我的衣服，这让我想起了上幼儿园的短暂时光，他推着儿童三轮车，送我上学、放学。

距离不远，我们很快到达乞讨地点，因为走得急，我忘了拿经常坐的"道具"——滑板车。我通常是骑电动车到乞讨地点，然后坐在滑板车上面乞讨，只有坐得低，别人给钱才会给得多些。

我叫他回去拿我的滑板车。那时没有什么导航，尽管距离不远，但他不熟悉路，冒雨走了很长时间才赶回来。我坐到滑板车上，雨势小了点。我没有打伞，因为打伞会盖住我乞讨用的水桶，我淋着小雨乞讨。他看到我冒雨乞讨的样子，当时就哭了。

春节过后不久，他回到老家，回到高中，继续读书，大学毕业之后自己创业，现在也算事业小成。那次难得的兄弟相处时光，我没有给他讲什么大道理，我也不会讲，讲不出来，我只是叫他体验了在外打工的艰辛，叫他真切地看到，我在广州的生活。

作为哥哥，我很惭愧，我的能力有限，帮不上弟弟什么。如今，弟弟在沿海城市发展，父母也离开家乡，跟弟弟一家生活在一起。

# 六、自我：无法和解也是一种和解

我有过强烈的创业冲动，也有过强烈的自杀念头。

2017 年 5 月，我熟悉的公益团队鼓励我试着自己创业，比如开个便利店，或者报刊亭、彩票店，实现真正的自力更生，不再通过乞讨来过活。

这些年里，我无数次思考过一个问题：我能不能换个活法？

在广州生活的这些年，我不清楚我们这些人的乞讨行为给广州带来了哪些可能的负面影响，我也不明白我的乞讨生活是不是一种"寄生虫"样的生存方式？思来想去，我有了开个便利店的想法。

在我租住的城中村，我紧锣密鼓地看了几家店面，位置好的，租金超出我的预算；租金合适的，房东担心我的身体状况，找各种理由拒绝把铺面租给我。反反复复，历经几个月的拉扯和纠结，我最终放弃了自己开店的想法。

莫名的兴奋与憧憬渐行渐远，我再次清晰地确定了我的定位：在身体残疾、生活无法自理的情况之下，无论别人怎么看，乞讨可能是我现在最好的一种生存方式。

随着创业梦的破灭，我第一次有了强烈的自杀念头：了断自己，不想活了。

那段时间，我不想"开工"，不想赚钱，不想出门，不愿与任何人沟通，处于封闭状态。我觉得没有人能够真正地理解我。那份孤独感、无力感和困顿感，现在说起来，内心依然隐隐作痛。

回望那段心路历程，究其原因，还是自己当时没想开，没想明白。那时，我刚好来广州十年，自己也 30 岁了。都说三十而立，我却觉得自己一事无成，我的身体和大脑都不如别人，但应该经历的、不该经历的，我都一一经历了。

同样的世界，同样的生活，同样的人生，我却活得很失败。苦吃得多，回报却少，没有任何成就感。我忽然像泄了气的皮球，找不到生命的价值，找不到生活的意义。

紧接着，那段时间，我又经历了一次严重的内心危机：我大伯去世了，因为父亲与大伯之前有些矛盾，大伯家的孩子给我打来电话告知了大伯去世的消息，我马上联系父母、弟弟，但是因为各种各样的原因，父母、弟弟还是没能去送大伯最后一程。

　　我一气之下把父母、弟弟的微信全部拉黑，不接他们的电话。我甚至想到了怎么样去结束我自己的生命，我上网搜索了无数种死法：卧轨、吃安眠药、跳江、上吊，等等。深爱着我的父母很快察觉到我的变化，来到广州看我，在广州陪我待了三个月。

　　万分幸运的是，在那个特殊的苦难时刻，除了父母的陪伴，我还看到了一段励志故事的视频：一位名叫尼克的外国人，出生就没有四肢，但他并没有放弃生活，而是充分发挥自己的天赋，成为一位激励人心的生活导师，帮助更多的人找到了生活的方向。他还写了一本书，叫做《不要放弃》，告诉人们如何在生命中找到意义。

　　关于这个人，网上有一段特别好的话，我记到了手机里，看过无数次，几乎能够背下来了。这段话是："尼克的故事告诉我们，生命中的困难和挑战并不是终点，而是一个新的起点。我们可以通过克服困难和挑战，发现自己的潜能和价值，成为更好的人。我们也可以通过自己的努力和付出，帮助他人，让他们也能够克服困难和挑战。"

　　看到太多的酸甜苦辣，见证更多的坚强无畏。我个人的苦闷算得了什么呢？我只是地球上一粒小小的尘埃，不能强求自己，更不能强求别人。我相信，在人生中，最好的心理医生是自己。凡事需要自我调节，只有通过自我思考、自我消化、自我感悟，才能跨过内心的"坎"。

我不确定我内心的"坎"是不是完全跨过去了。只是，我现在的状态已经有了很大转变：不跟别人比较，不对别人强求，对自己不再有那么多的要求。

当然，我现在也会有压力，对于未来的不确定性，不敢去想。但随着时间的推移、年龄的增长，我会慢慢想明白。或许，正如公益团队的人跟我分享的那句话一样：无法和解也是一种和解。

# 七、家访<sup>①</sup>：主动打开自己生活的一扇窗

在广州，我虽然时常跟其他残疾乞讨者一同租住在城中村，一起聊天、吃饭、打牌，形成了一种抱团取暖式的伙伴关系，但我真正意义上的"朋友"很少，就是那种无话不谈的，没有任何顾虑或者担心，能够彼此分享和共享的朋友。

所以，孤独感和无力感时刻包围着我，随时会淹没我。这时候，一个我认可的公益团队给了我一种精神上的支撑。

我对于各个类型的公益团队的认知和判断，经历了一个去伪存真的心路历程。对于认可的团队，我会多接触多沟通；对于自

---

① 家访是指救助站、救助队及社工、志愿者到乞讨者租住地开展入户探访关怀服务，了解其生存现状，宣传救助政策，链接社会资源，为其提供物资支持和情绪疏导、情感抚慰、救助寻亲、就业帮扶等服务。

己不认可的团队，我常常敬而远之。

通过多年的接触和了解，我也终于同意让社工、志愿者到我的出租屋家访，主动打开自己生活的一扇窗。因为我只读过两个月的幼儿园，老师没来得及到我家里进行正式的家访，我便被劝退，所以我特别期待公益团队的家访。

2020年开始，公益团队曾经有过几次家访。社工、志愿者过来家访前，我会充当起中间人的桥梁作用，提前通知住在附近的其他乞讨人员，汇总大家伙的各种意见，确定好家访时间与地点，再把信息进行反馈。

印象最深刻的一次家访是2022年9月，中秋节前夕，当时还是疫情防控期间，大家每天出门都戴着口罩。社工、志愿者再次让我联系租住在城中村的乞讨人员，我们集中在交通较为便利的地方，等待社工、志愿者过来。然而，过了约定的时间很久，我还没有收到任何信息，我不清楚社工、志愿者是不来了，还是路上堵车？如果不来了，我怎么跟其他人交代呢？

我焦急地给带队社工发去微信："哥，走到哪了？"社工马上回复我说已经到了，但在巷子里迷路了，正在按照导航找呢。

我马上骑着电动车过去接应，社工、志愿者拉着装有几箱月饼的板车跟在后面。板车轮子声音很大，引来很多街坊的好奇目光。

那次家访，我们几名残疾乞讨人员和社工、志愿者坐在村里的草坪上，摘下口罩，吃月饼，喝可乐，欢快地聊天，像兄弟姐妹一样无拘无束。

那天，我第一次带着社工、志愿者去我的家里，第一次把自己的生活毫无顾忌地展现在他们面前。我也跟社工、志愿者讲了自己近期的苦恼：因为疫情，我的乞讨收入越来越少，生活压力越来越大，常常失眠，很焦虑，很烦躁。

社工、志愿者鼓励我放下包袱，说我已经做得很好了，人都不是万能的，不要给自己太大的压力。

那家公益团队陆陆续续来过我家很多次，虽然，每次来的社工、志愿者不一样，但他们给我内心带来的感受和抚慰却是一样的：在陌生的城市里，始终有人在关心着我。

我也渐渐敞开自己的心扉。以至于，2023 年 9 月，我萌生了让社工、志愿者护送我回老家的想法。因为疫情影响，我已经几年没有回家看望奶奶。我不想给家里人再添麻烦。

社工、志愿者很爽快地答应下来，我们一起规划线路，查询车票，做好各种准备。同时，社工、志愿者联系上我老家的公益团队协助。马上就能回老家了，我高兴万分。我给奶奶打去电话，奶奶说："好啊，好啊，你快点回来吧，我给你做粉蒸肉。"

但人算不如天算，因为一场突如其来的车祸，我回老家的憧憬，被打断。

# 八、求助：午夜遭遇一言难尽的车祸

2023 年 10 月 24 日晚上 11 点 18 分，我遭遇了一场严重的车祸，这里的"严重"不是指我的受伤严重，而是指它给我造成了沉重的心理负担。

那晚下着小雨，我骑着电动三轮车冒雨回家。在距离出租屋不远的转弯处，我被一辆逆行的汽车撞倒，额头受伤，血流不止。

交警到场之后，给汽车司机做了酒精测试，并确定他没有酒驾或醉驾。村里的治安员也赶过来，不清楚他是不是认识开车的司机，只听到治安员跟司机聊了几句，还告诉司机没事，叫司机回去。交警随后开具了交通事故裁定书，判定对方负主要责任，我因驾驶私自改装的电动三轮车且没有任何手续，所以我要负次要责任。

而对方却认定我是故意"碰瓷"，拒绝履行交警裁定，放下一句"有事找保险公司"，扬长而去。

凌晨时分，交警将我送到医院。我一个人孤零零地躺在医院急诊室的床上，等待各种检查。我马上在微信上给熟悉的社工留言，告知他我刚刚出了交通事故，非常无助。但因为时间太晚，社工没有回复。我拨过去电话，也没有人接听。

第二天一大早，那名在外出差的社工给我打来电话，问询我的身体状况，并帮助我咨询保险赔付手续。他还联系了志愿团队中的专职律师，那位热心的专职律师又给我介绍法律援助中心的公益律师，公益律师免费帮助我处理后续问题。

车祸当晚，我只给社工打了电话。我不敢给弟弟打电话，害怕家人挂念。直到第三天，看到无法尽快解决车祸的事情，我才给弟弟打了电话，弟弟赶来照顾我。

一周之后，我出院了，跟着弟弟回了一趟老家。因为车祸被耽误的回家愿望，终于还是实现了。我给社工、志愿者发了我和奶奶的合影，照片中，我依偎在奶奶身边，还像小时候那样。

2024年1月初，爸爸护送我回到广州，照顾我的生活起居，陪我过完春节才走。回来广州后，我马上"开工"，想着尽快把之前因为住院和回家而损失的收入补回来。因为回老家前不知道什么时候能回来，我把之前的房子退掉了，想尽量省点钱。现在，我又重新租了房子。

车祸后的那几个月，我经历了悲喜两重天的境遇。悲的是因为车祸，我的额头上留下深深的伤痕，对方不履行相关裁定，我只拿到了保险公司赔付的部分费用，对方拒绝自己应该支付任何费用，公益律师已代为提起诉讼，法院已受理。喜的是，因为这次车祸，弟弟来照顾我，我跟着弟弟回到老家。时隔四年之后，我在亲人身边待了两个月，见到了奶奶、外婆、父母和一岁大的侄女。

这次车祸，在公益团队的陪伴与公益律师的开导之下，我对于肇事方的态度发生了极大的转变：对于肇事方能够赔付多少钱，我已经不在乎，我只想证明我不是"碰瓷"。

我明白了，人生当中会遇到好的人，也会遇到可能"不好"的人，不能因为遇到可能"不好"的人，而去否定其他好的人。只有张开双臂，去拥抱社会，才能得到社会的爱。（以上根据阿明口述访谈资料及广州市鼎和社会工作服务中心2015—2024年度服务档案整理，文中阿明为化名。）

阿明又搬了新家。阿明的新家，一室一厅，空间狭小，以至于电动三轮车无法在屋子里掉头，每次出门时，车子需要倒着出来。穿过灯光暗淡的城中村巷子，阿明往村口走。附近的夜市开始红火起来，各种路边摊散发的美味气息浓烈地直往鼻孔里钻。

走到路口，车流人流减少，阿明在路边停下来，缓慢地把手机绑在车把上。阿明还要骑30分钟电动车，才能到达原来的租住地，他要去那边看望一位老朋友。夜色阑珊深处的灯火，照在他宽阔的额头上，他的额头因为车祸缝合了几针，留下明显疤痕，为他沧桑的面容增添了一份独特的"纪念"。

对于希望公益团队提供的帮助和支持，阿明有着切身的体会：他希望公益团队能够融入残疾乞讨者的生活，当残疾乞讨者遇到棘手的困难时，可以及时联系公益团队，得到一些指导和建议。因为这个群体与社会隔绝太久，很多人虽然生活阅历丰富，但文化水平有限，遇到事情不知道怎么处理。

对于之前的传闻：家里急用钱，他找人借了三万块钱并打给家里。阿明说借钱的事情是真的。

"是真的。我用了一年多时间，才把借的钱还清。"阿明的眼眶一下子红了，语调有些缓慢，每一个字都需要很用力才能讲出来："家人为了我，舍得一切，我肯定要回报家人，毫无保留的那种，我不能忘记家人的付出，没有感恩的心，我撑不到现在。"

在很多人的感性认知中，"职业"乞讨者大多是因为追求既得利益，而选择扎根在城市里，过着寄生虫般的生活，或是想不劳而获，或是想"发财致富"。但同时，我们也需要持有一种现实性的思考维度：如果不是受困于身体残疾、劳动能力丧失、疾病缠身等种种不可逆的因素，很多乞讨者本可以有更多不同的生活方式选择。

对于阿明而言，"归途"两个字，意味着他在未来的某一天，或许可以找到更好的生存方式，从而彻底告别乞讨生活。而对过去与现在的他而言，"归途"代表着他对自我的认同、对家人的理解以及对生活的和解。

# 第二章
# 我的流浪生活

　　有人说，现在的人都在向"钱"看，哪还有什么爱心和善心。但要我说，人心向善是永恒的真理，虽然表现形式不一。毕竟，这个世界还有穷富贵贱，但对于我这个老人来说，每一份爱，都在我心里发着温暖的光和热。

2021 年 6 月，广州市鼎和社会工作服务中心在天河区正式启动街面救助项目，项目组派三名社工入驻天河区民政局救助服务队，为天河区街面流浪群体提供寻亲返乡、关怀探访、情绪疏导、情感抚慰等个性化服务。70 多岁的阿伯刘敏是项目组的重点服务对象。

2019 年开始在外漂泊的他，看上去没有任何流浪者的痕迹，他戴着老花镜，手里捧本书，坐在折叠椅上，身边放着水杯。不远处的行李箱和整齐摆放的袋子，使他看上去更像是一位将要短暂离开广州的普通街坊。

2024 年 10 月 3 日晚上 8 点，鼎和社工团队前往他的露宿地看望他。广州气温降了几度，有些许寒意。他穿着背心，手拿蒲扇，慢慢摇着，说："还是热呀，你们坐在墙边，垫个报纸吧，小心背后的广告牌铁架。"

"回家啦，今天回来得有点早啊！"一位妈妈带着七八岁的小女孩路过，刘伯跟母女俩打招呼。

"是啊，今天早些，国庆假期，钢琴课老师要早点回家。你吃过饭了吧？"

"吃了，吃了。"刘伯回答。

他指了指附近的居民小区说："这母女俩住在楼上，跟好心的老奶奶是一家的，老奶奶每年 10 月份都给我送过冬的东西，今天早上，她又给我送来了新的棉被，说天气要转凉了，叫我晚上多盖点。"

2019 年 10 月，刘伯在东莞开始流浪。2021 年 1 月，他从东莞来到广州，天河区流动救助队和鼎和社工团队开始与他长期接触，建立服务档案，联系他的户籍地相关部门，寻找他的家人，劝导他返乡养老安置。但因为他的经历过于曲折，救助寻亲工作举步维艰。

2023 年，在鼎和社工团队的鼓励下，刘伯拿起笔，陆陆续续记录下他的流浪生活，写了几万字。2024 年 3 月，鼎和社工团队把他的流浪日记整理成册，设计封面并打印出来送给他，他非常高兴。鼎和社工团队鼓励他继续写，但他表示现在身体不顶用了，力不从心，有些写不动了，看看情况再说。

2019 年 10 月至 2024 年 10 月，刘伯在外流浪漂泊已有五年。他说，很多往事想不起来了，但也有许多人、许多事，一辈子也不会忘记。

# 一、祸不单行

我叫刘敏，河北人，出生于 1950 年 12 月。有句俗话说得好："福无双至，祸不单行。"没想到这句话竟真重重地砸在了我的头上。

2019 年 3 月，我打工的单位因我年纪大了，认为我不再适合继续干下去了，就地把我给解雇了，那年我 69 岁，从此结束了我的打工生涯。其一祸也。

老伴儿那点退休金哪够啊。我老伴儿早已退休在家，料理家务。她是我的第二任老婆，我们属于搭伙过日子，没有办手续。

她是黑龙江人，我们是 2006 年在北京认识的，一起在北京生活了四年。2010 年，我们来到了东莞。我和第一任老婆是 1989 年离婚的，具体的事情呀，一言难尽，我随后再讲。

2019 年 5 月份，老伴儿胃病复发，到医院做了胃镜，结果出来如晴天霹雳当头一击：胃癌！医生说还好，癌细胞刚刚形成淋巴，只要做个微创手术就没了。可是手术费需要三万元，叫我到哪里去找。

没办法，老伴儿就给她女儿打电话，她女儿一听立刻就说千万别做手术，这儿做了那儿长，那儿做了别处长，让我们赶快到她那儿去，她那儿有偏方。老伴儿听了她女儿的话就心动了，马上买车票就去了，结果一去不复返。从 5 月 30 日到 10 月 23 日，不到五个月，人就去世了，终年 66 岁。其二祸也。

她这一去世，我就陷入了水深火热之中。3 月份失业时，我为了免去她的后顾之忧，就撒谎说我又找了一份工作，让她不要担心。老伴儿临走前给我买足了米、面、菜、肉，我也是四处找工作。可我转遍了东莞大街小巷，因为年龄太大，没有一个老板要我。

这时，我已欠了房东四个月房费和管理费。10 月 17 日晚 7 点，我回家发现房东将锁换了。我身上除了穿的，就只有手机、身份证、居住证和银行卡（卡里没钱），其他什么都没有。从此，我开始了流浪生活。

10 月 17 日晚上，我独自坐在广场的座椅上，晚秋的凉风吹在身上还是略有寒意。我出来时身上就只穿了一条牛仔裤和一件短袖 T 恤，虽然这里是南国之乡，可该凉的时候还是凉的。我忍着寒意，望着现在想着将来，一片渺茫，不知如何应对。后来一想，去他的吧！既来之，则安之，既然命运把我安排到这儿了，我就只好接受。

咕咕咕，肚子又在喊了。我这才想起从中午到现在还没有吃东西，看看手表，都夜里 11 点多了，我起来绕着广场找起了吃的。功夫不负有心人，我终于在图书馆门口的垃圾桶顶上看见了多半盒炒粉。我也没管有没有人看，一顿狼吞虎咽就吃完了，又喝了几口自来水，感觉肚里饱饱的，挺好。我回到原来的长椅上躺下，迷迷糊糊地睡着了。

这一觉睡到了大天亮。我被什么声音吵醒了，睁眼一看，周围不知道什么时候这么多人了，散步的、打太极的、跑步的。"汪汪汪，汪汪汪"，不知何时，一只小狗冲着我叫唤，我一看，这小狗太漂亮了，全身雪白，毛茸茸的，好可爱。

我坐起身子，它一下子就跑了，原来它的主人在对面的椅子上坐着。小狗跳上椅子，卧在了主人的身边。它的主人是个女孩，20 来岁的样子，挺文静的，手里拿着一本书。看见我起来了，女孩冲我一笑，我礼貌性地回以一笑，站起身冲着小狗"拜拜"，女孩也抬手跟我"拜拜"。

我走出广场，站在路边，看着来来往往的行人。他们中有上班的打工人、送孩子上学的老人、穿着工装成群结队的农民工，一边吃东西一边走。匆匆忙忙，受苦受累，胸有大志也是受累，胸无大志也是受苦。福寿双全不过百年，转瞬之间，过眼云烟，不管如何感叹，眼前的路还是要走。民以食为天，还是先解决肚子问题。

## 二、美食街和汤粉

来得有点早，美食街还有好多店没有开门，于是我找了一把椅子先坐下。"老哥，刚来啊？"我回头一看，是一个小胖子，大头大肚子，小鼻子大嘴巴，显得颇为喜感。"啊，刚来。"我回应道。我看出他也是流浪的。

"大哥，你等会儿，我一会儿就来。"他走了，大概有十分钟，他不但回来了，还带来了两大桶汤粉。哎哟，这小子真不错，知道我饿了。我也没客气，呼噜呼噜地吃了起来，嗯，味道挺好，咸淡适中，还有辣椒。我一口气吃完，把肚子里那点儿寒气驱散干净。

他这时也吃完了，从包里拿出了一包餐巾纸，抽出一张递给我，我擦了擦嘴和手，问他："多少钱一份？"

他说："你刚出来吧，这条街上打流的哪有钱买饭啊，全是捡来的，时间长了，你就什么都知道了。"

我问他什么叫"打流"的？他说："有打车的，有打工的，流浪的就是打流的！"我说："呵，挺新鲜，又学会一句，打流的。"

我对胖子说我出去转转，一会儿过来。胖子叮嘱我说："小心点儿啊。"

我来到超市转了一下，看看四周，然后从南门出去又回到广场。坐在椅子上想抽支烟，但哪里有烟啊，于是我就想捡个烟头，扭头往下一看，天不负我，想啥来啥，脚下就有个大烟头，捡起来一看，是芙蓉王，好口福。我赶紧擦擦烟嘴，还好口袋里装着两个打火机。

抽完烟，我走出广场，沿着大路往东漫无目的地走了起来。突然，我看到一支烟挤在便道边的砖缝里，我弯下腰，拿细树枝把它挑了出来，一看是利群，就先拿在手里，准备一会儿找个空烟盒装进去。刚走了两步，一个 20 多岁的小伙子骑着共享单车路过，"啪嗒"一声从口袋里掉出一包烟来，小伙子没发现，匆匆骑了过去。

我赶快过去把烟捡了起来，无巧不成书，又是利群。我一看里边还有几支烟，加上我捡的这一支，共 13 支，够我一天抽的了。"唉，但愿天天如此，成就一代大师。""呸，你还大师，废人一个。"我一路走一路胡思乱想，不知不觉走到了第一国际小区。我掏出手机一看，没电了，虽然手机早就欠费停机，可是还能看看小说，玩玩俄罗斯方块（游戏），我得赶快找个地方充电。

也多亏我习惯于把手机和充电线放在一起，不然如何充电呢？我到处找充电的地方，还好，在一家超市门外的墙上有一个插座。我过去拿出充电器插上一试，还好有电，能打开手机了。我调出小说开始看，哟，这儿还有免费 Wi-Fi 呢，太好了。超市外面摆着一张小桌和两把椅子，电源插口正好在桌子边，我坐下看着小说，渐渐入迷。

"大叔，喝杯水吧。"我一惊，赶紧抬头一看，原来是一个小姑娘正端起一杯热水放在了我的面前，我赶紧说："谢谢。"小姑娘说不客气，转身进了超市，她把我当成了一般顾客，并没有把我当成流浪老头。因为我才出来两天，加上衣服还算干净——条纹 T 恤、牛仔裤、红黑色的球鞋——看起来还算顺眼的。

其实，吃完汤粉我就想喝水，一时忘了。我端起杯子一口气喝完，还想喝，就站起走进超市，冲小姑娘说："我再喝一杯可以吗？刚吃完饭，太渴了。"

"好，大叔，我再给您倒一杯。"小姑娘接过水杯，又给打了一杯温水。我回到外边坐下，想起来那包烟，掏出来一支，抽了起来，比我在家时还要惬意。

我 2010 年来东莞，在东莞九年，一直抽的是十元的双喜软经典，出来流浪后生活水平倒是提升了，希望天天如此，年年如此，祝愿我吧！

# 三、高才生和防身术

2020 年初，我结识了李宏。他 50 多岁，戴着一副黑框眼镜，有些秃顶，身材瘦弱，言谈举止有一些书生气，说话文绉绉的。

第一次长谈时，他跟我说："我早就见过你了，我发现你和别的流浪的人不一样，你不和任何人打交道，喜欢独来独往，你不是一般人。"

"对，我是'二班'的，你是几班的？"听我这么一说，他一愣，我赶紧说："不开玩笑了，我看你也不是一般人，你是高才生吧。"

　　他说："以往的事不要提了，过眼云烟，转瞬即逝，还是现实点儿，说说眼前吧，我这儿有点面包，你先吃着。"

　　他从包里拿出了七八个面包，各式各样的，我怕别人看见，赶紧从包里拿出塑料袋把它们装起来。"财不外露，还是小心点儿为好。"我把面包装进了包里。

　　我说："我不是随便与人结交的人，这个社会很复杂，稍有不慎，就吃亏上当。虽然我没钱没物，浑身穷得掉渣儿，但还是不能掉以轻心，因为我这个人本来就脑子简单，没有在社会上闯荡过。我以前是搞体育的，一天到晚就知道练功、授课，我看你受过高等教育，良知未泯，所以愿意跟你交流。好了，说说你吧。"

　　他忽然转移了话题："你不要在这儿睡觉了，我带你去一个地方，那儿睡觉安静多了。"我知道他不愿多说自己的事情。

　　我从包里拿出来毛巾，跑到卫生间擦了擦脸，然后在走廊里抻了抻胳膊、踢了踢腿，又压了压腿，下了个叉。

　　"没看出来，你还是个练家子。"

　　"练个屁，老胳膊老腿的，活动活动。"说着，我把毛巾放入包里，拿出水瓶灌了几口水。在路边找了辆没锁的共享单车，我们两人一路往南骑去，好长时间没有骑过单车了，还好，技术还没生疏。

骑车的路上，他问我："大叔，你以前练过武术？"

我说："没有，我是一名中式摔跤手，就是中国式摔跤，就是打架招式。"

他忽然停下来，下了车，激动地说："师傅，教教我吧，别看我岁数大了，但我接受能力很强，也能吃苦，因为有几个流浪的人老欺负我，救救我，师傅。"他哭了起来，我把车支了起来，走过去安慰他。

"瞧你这没出息的样，既然好学，就得勤练，实际上并不难，我就教给你三个动作，足够对付他们了，走，到那边树林，我教你。"

我们推车来到了树林里，我跟他说："摔跤是一种速度、力量、技巧性非常强的运动，尤其是技巧。摔跤动作学得快，上手快，难就难在一个人练不了，不像武术套路，学会了一个人可以练，摔跤得经常切磋。行了，废话少说，我教你的三个动作，你不能学会了欺负别人，只是防身，记住了吗？"

"记住了，师傅。"

"来，对我的头打一拳，要快，要重，来吧！"

我站在他对面，他一拳冲着我头打来，又慢又软，我往后退了一步说："行了，你这叫打拳，还是跳舞啊？速度与力量的结合就叫爆发力，要这样。"我给了他一拳，打在了他胸口上，他往后退了几步，差点儿坐地上。

"出其不意攻其不备，还是你打我，冲我头打。"他又冲我头一拳打来，这回还稍微有点速度和劲头。

但我一弯腰上步，给他使了一剪刀腿，他一屁股坐在了地上，肯定疼得不轻。

"起来，起来，这点儿疼都受不了还行啊？"他慢慢爬起来，两手揉着屁股。我问他："刚才怎么摔的，你记清了吗？"

"我还不知道怎么回事，就摔到那儿了，师傅，摔跤这么厉害啊。"

"这是摔跤的最简单的招式。"说着我走过去，弯腰，左脚上步，右手抓住他的后脚脖子，左手按在他膝关节上部，问他："你看清了没有？"

"看清了。"

"身体感觉一下，走！"我稍一用力，他又坐在了地上，不过这回摔得轻了点儿，他一翻身站了起来。

我说："行了，这个动作要看对方的高矮而定，高的好对付，不高的也好对付，就看临场发挥了。师傅领进门，修行在个人，学艺主要是看个人的悟性，今天就这样，我就收你这个徒弟了。领我到你说的那个地方去看看。"

"快到了，过了十字路口就到了。"随后，他把我带到了肯德基。

# 四、回忆和生日宴

"师傅，我在这儿睡了两年，挺好，主要是离那些人远了，心里安静。"这时店里也没什么人了，前后两大间，又有卫生间，基本上什么都方便。

"坐下休息会儿。"我对他说。两人相对无言，最后我打破了沉默，问他："你是哪里人啊，噢，我先自我介绍一下，我叫刘敏，北方人，你呢?"

"师傅，实话跟你说吧，我出来五年几乎没有跟任何人交流过，虽然也交过两个人，但是交友不慎，这两人看我老实，便随意欺负我，指使我干这干那。过了几个月我趁机躲开了他们，师傅，我看您满身正气，是个可交之人。"

他继续说："我是湖北人，大学毕业以后一直在广州工作，我结婚以后，唉，不说了，伤心啊，反正五年前离婚了，从此我漂泊在外。还好，靠着一些小聪明没有饿死，也还好是在广东，没有挨冻，一直混到现在。"

"师傅，您相信运气吗?"他问。

"相信!"我说。

"师傅，你会喝酒吗?"他又问。

我笑了："我以前是酒仙，一顿一瓶，现在不行了，老了，心脏还不好，很少喝。"

"我这两天给你找一瓶，咱爷俩喝一次。"

"你小子嘴还挺甜，给我打瓶水去，我要吃饭了。"

他嘿嘿一笑："师傅，说说你呗。"

"我有什么好说的，穷途末路，一贫如洗，房无一间，地无一垄。无家无业，一人吃饱，全家不饿。"

"哈哈，师傅，你说话真逗。"

"我说的全是事实，一句虚的没有。"

"师傅，你成过家吗？"

"成过，不但成过，还成过两次，我和我前妻有一个孩子，是个男孩。1989年我们离婚了，因为我犯了事情。前妻还年轻，我不能误了她的前程，家产全归她，因为她还要抚养孩子。儿子离开我那年，已经上学了。

"从监狱出来以后，我的师兄弟和徒弟们给我凑了一笔钱，开了一个武校，但开了一年就被封了，理由是虐待青少年。废话，练武摔跤哪有不挨打的，挨打的都是怕苦怕累的、练功夫不用心的。现在的孩子哪受过这份罪，再加上家长不懂这些道理，回家看见孩子身上青一道紫一道的，就把我投诉了……"

2020年12月15日，农历十一月初一，我的生日到了，70岁了。这时候我想起了唐后主李煜的诗词："问君能有几多愁，恰似一江春水向东流。"想这些干什么，这辈子什么风雨没经历过，什么沟沟坎坎、曲曲折折没见过。走，赴生日宴去。

我的生日宴是我的徒弟李宏孝敬我的，还有一起打流的"小山东"，一个神神秘秘的年轻人，有点满嘴跑火车。生日宴就我们三个人。李宏选了一个小饭店，店里就两张桌子，其他顾客一个没有，先给我上了一碗长寿面，还有两个荷包蛋，我狼吞虎咽地吃完了。

接着上了四个菜：蒸鱼、梅菜扣肉、烧茄子、西红柿炒鸡蛋。李宏打开一瓶牛栏山二锅头，先站起来，端着一杯酒说："祝师傅福如东海，寿比南山！"说完，把一杯酒喝完了。

我端起酒杯说:"大家一起干一杯。"说完三人一碰杯,我又说:"全在酒中。"三人又干一杯。

"来来来,一起吃菜。"李宏张罗着,这一桌菜,按当时他的身份,算是高档的了。席间,就听"小山东"一人吹牛,大呼小叫,借酒发威。

我喝了三杯,剩下的他们都喝完了,俩人都上头了。李宏结完账过来,一下子就吐了。我们坐在一个台阶上,"小山东"买了三瓶水,掏出烟来,点上一支。

"抽完烟,把李宏弄回去,你俩赶快睡觉。"我说。

回到肯德基,他俩倒头就睡。我却睡不着,有时候,有些烦"小山东",觉得他不务正业。可打流的人,正业在哪呢?人生七十古来稀,我以后还能有过生日的机会吗?

这次生日,让我开始有了彻底摆脱"小山东"的念想。我一个老头子无所谓,可李宏还年轻,有文化,有未来,不能叫他跟着"小山东"混了。

# 五、广州时光

日子飞快,转眼到了 2021 年。眼见着李宏跟着"小山东"出去的次数越来越多,两个人出手大方,吃香的喝辣的,我着急啊。

2021 年 1 月 9 日,一大早,我醒了。我从肯德基出来抽烟,李宏也醒了,出来一起抽烟,"小山东"还在呼呼大睡。我给李宏打了个手势，让他带上包，我也背上包，悄悄地出了门。

我问他："你身上有钱没？"

"有，有 400。"

"好，快走。我们去广州怎么样？"

李宏说："行，我听你的，广州我熟。"

我们上了 175 路公交车头班车，车上还没有什么人，我们到西沙下车换地铁，一直坐到广州的棠下，下了车，我们一人吃了一份盒饭。

广州的物价可真高，一份盒饭 18 块，东莞才 11 块，这一下又是 36 块。来的路上，我劝他回家，不要跟"小山东"一起混了，再混着，早晚要进班房（监狱）。"好徒弟，你还年轻，回家吧。"

李宏跟我说，他准备回家，家里有好多事情要处理。他这次到广州准备找他同学借点钱，大概 4 月份回去。在家里，他还可以在网上找找广州这边的工作，找好工作，就来广州。

1 月 24 日一大早，李宏终于盼来了他的同学，借来 2 000元。他买好车票，找了个旅店，半天房费 35 元。我们在旅店好好地洗了个澡，换好衣服，到外面吃了一顿快餐，一人喝了一瓶小酒。

吃饭中间，他给了我 200 元，并说："师傅，实在不成敬意，我回去后花钱的地方还很多。"

"行了，行了，别说了，你的意思我很明白，今天我借花献佛，来用你的酒敬你一杯，谢谢你这么长时间对我的照顾，干！"

我俩干完了杯中酒。

"李宏啊，你 50 多岁了，以后我不跟着你了，你做事情要三思而后行，不要冲动，冲动是魔鬼。好了，你文化比我高，我倒是在关公面前耍大刀。把酒喝完，借你的光，回去睡个好觉，来，干了。"说完，我一口把瓶中酒喝完。

回到旅店，他泡了一杯茶，我点上一支烟，我们坐在沙发上，充分享受着好时光。

中午，退好房间，我把他送到车站。由于时间还早，我们就在车站的肯德基休息了一会儿。他说："师傅，以后您老人家多多保重身体。我很快就会回来的，等我挣了钱，租了房子，咱们住一起，我养你。"

"好了，别说了，那都是后话，你先回来再说。你不用操心我，我饿不着，没烟抽的时候，我捡烟头也够了。好有好的过法，难有难的活法，你看那些残疾人，不都过得好好的嘛。前几天，我在广场上看见一个人，长长的头发，大把的胡子，脸上的夹皮沟都能过装甲车。"

"什么，什么，脸上有夹皮沟，还能过装甲车，你比喻得太形象了吧。"李宏笑了。

"我是说，岁月沧桑在他脸上烙上了深深的痕迹，我和他聊了两句，他说他是东北人，不回去了，四海为家，四处漂泊，这真正就是老江湖了。"

"唉，这也是一辈子。"他感叹一声。

"哎呀，快三点了，我该进站了。"他说着站起来背上包，我把他送到进站口。

"师傅，多保重，等着我。"

"好，好，一路顺风。"

送走李宏，我茫然四顾，在这陌生的城市里，我该如何生存？车到山前必有路，我掏出烟点着，200 元不算多，但也能支撑几天。再次回到棠下肯德基，我靠在沙发椅上，苦思冥想起来。可有什么可想的呢？我从肯德基出来，在棠下村里，慢悠悠地转了起来。

六点半了，天已经暗了下来。走着走着，突然脚下一滑，差点摔倒。我一看是一条链子，捡起来，是一条白色的手链。

嗯，这肯定是银的，我记着这条街上有一家收金银的店铺，就在前边。在金银店旁边有一家快餐店，我和李宏在那吃过快餐，有点儿印象，走了五分钟就到了。

我拿着手链让老板娘看看，老板娘一看说是银的。"你卖吗？"老板娘问。我说我就是来卖的，她说五块一克。"行。"我答应了。她拿着一称，说 22 克，110 元。她给了我 110 块，我高兴地出了店。这不是飞来横财嘛，这样一来，我就有 310 元了。


# 六、悠闲和手机


我在广州"扎根"下来。2021 年五一小长假，人还是蛮多的。我顺着黄埔大道一直走到花城汇广场，这个广场挺有创意，面积真不小，中间一条隧道把两条马路分隔在两边，东边一条，西边一条，路边都是草坪、绿化带，还有成片的小树林，再往上走就是一座座高楼大厦，形状各异，都是现代化建筑。办公楼这么大，得花多少钱盖呀，这显然是经济腾飞、科技进步、国家越来越富强的体现，好大气呀。

哇！好大的广场，往前一看，又看见了"小蛮腰"，怎么又走到珠江边了。这风景可别忘了拍照，跨江大桥、广州塔、珠江水、周边建筑统统拍下来。以后有机会回到北方老家，这也是一个吹牛的资本。

这座楼怎么这么高哇！看介绍是广州国际金融中心，高 340 米。对面还有一座，更高，有 430 米，是那个卖珠宝的周大福盖的，卖珠宝都能盖这么大的楼，那得多赚钱啊。来到了珠江边，我伏在护栏上，往上看蓝天白云，往下看奔腾的江水。

东面一座桥，西面一座桥，中间一座"小蛮腰"，不时有观光的轮船行驶在江水中。大群的白鹭，有的绕水而过，有的落在江中的缆索上，美轮美奂，我觉着什么词也描述不出眼前的美景，不想了，快拍照。我拿着手机把眼前的景物一一拍了下来，当然也没忘了给自己来几张自拍。这就是有朝一日，回到故乡见到知己好友时吹牛的见证。不过，回老家？拿什么回去，怎么回去，一切都是空想，都是幻想，还是自己独自享受吧。

我顺着猎德大道回去，路过一座高架桥底，在平台口坐下。我掏出水灌了一大口，又掏出烟来，点上一支。刚点着就伸过来一只手："老板，给支烟抽吧。"我一看，是个 30 来岁的男人，蓬头垢面，看不清面目，我就说："没有。"

"好，谢谢。"他扭头就走了，这人跟我一样，打流的。有很大一部分年轻人好吃懒做，游手好闲，以流浪为荣，不知羞耻，一点进取心没有，我见到的就有十七八岁的、二十来岁的，睡在大街上，扒垃圾桶找吃的。

现在这么多的就业机会。我跟几个打流的年轻人交谈过，他们有的怕吃苦，有的说又脏又累，就赚那么几个钱，才不干呢。我说刷个碗一个月还能赚 3000 块呢，管吃管住，再怎么也比你这样强多了吧。总之，交谈的结果就是不欢而散，这些不要强的家伙没救了。

我回到露宿地的平台上，头枕在包上，可能白天走得太累了，一觉睡到了下午四点半。醒来后，我顺着便道，朝着石牌路方向前进，一路低头查看路面，走到石牌西，捡了快一包烟头和半包双喜烟。

来到展望大楼的门口，我忽然看见门口旁边的台上有一个黑乎乎的东西，酷似手机。走上前一看，就是手机，拿起来一看，是一部 OPPO 手机，还挺新，不知道是哪个粗心的家伙丢的。等着他来电话吧，于是我朝着石牌东走。

走到中山三院的时候，忽然来了电话："喂，你捡到我的手机了？""你的手机是什么牌子的？""OPPO。""你在哪儿丢的？""在展望厅口。""你现在在哪里？""在石牌东。""那你过来吧，我在石牌东北口等你。""好吧。"

他答应完就放了电话，十分钟左右过来了，好像是个大学生。见了面，我把手机拿出来，他握住我的手说："谢谢你，我手机里有很重要的东西，谢谢你。"他接过了手机。

我跟他说："以后养成习惯，手机随时放口袋里。"

"谢谢，知道了，你吃饭了吗？没吃咱们一起吃点儿。"他一个劲儿地道谢。我说："不了，我还有事。"

# 七、毯子和好心人

2022 年国庆节假期，我的收获很大。10 月 5 日晚上，我在住的地方整理瓶瓶罐罐。

"天凉了，给你个毯子，晚上盖上，别感冒。"我抬头一看，是一位老太太，应该有 80 多岁，身子骨挺硬朗，瘦高个儿。我连说谢谢。

老太太说："我就在楼上住，有什么困难跟我说，只要我能办的，都给你办。"

我说："太谢谢您，眼看天冷了，我正发愁怎么过这个冬天呢。"

老太太说："明天我给你送几件衣服来。你先休息吧。"

送走老太太，我把瑜伽垫子铺上，再把毯子铺上。这毯子真大，双人的，我铺在底下一层，再盖上一层，还绰绰有余。世上人情永在，人间处处有爱心。

有人说，现在的人都在向"钱"看，哪还有什么爱心和善心。但要我说，人心向善是永恒的真理，虽然表现形式不一。毕竟，这个世界还有穷富贵贱，但对于我这个老人来说，每一份爱，都在我心里发着温暖的光和热。

第二天一大早，老太太果然给我带来了一大包衣服，有毛衣、马甲、羽绒服，虽然都是旧的，但都非常干净，感动得我都不知说什么好了。老太太走后，我一件件地试穿，都挺合适。咦！包里还有一个小包，是一条运动款加厚裤子和一条牛仔裤，都挺好。这一冬天算是能挺过去了，多谢老人家的厚爱。我把衣服收拾好，装进箱子里。

刚收拾好，一个女孩走了过来："大叔，我给您送早餐，您看您需不需要？"

我连忙说："谢谢你，我需要。"我接过了袋子，里边是一盒稀饭、一盒炒面、两个包子和一个煮鸡蛋。"您如果需要，我以后经常给您送，我就在前面的电力公司上班。""多谢，多谢。""不谢，不谢，星期六、星期天我们休息，不能送，其他时间都行的。"

女孩走后，我感慨万千，衷心地祝福她：好人一生平安。

还有一次，一个女人骑着电瓶车，车上带着三个孩子，个头是阶梯式的，最大的能上五六年级，最小可能上幼儿园大班。他们在离我有七八米时，车子停了下来。

她让老大，一个小姑娘，给我送过来 50 元钱。"我妈让我给你。"我赶忙说："不用不用，让你妈妈拿这钱给你们买学习用具，代我向你妈妈致谢。"小姑娘回到车前跟她妈妈一说，又回来了，把钱往我跟前一放，一扭头就跑了，电瓶车一溜烟开走了。

看着渐行渐远的电瓶车，我心潮起伏，多么纯朴善良的人们！我不由地想起了一首歌："如果人人都献出一点爱，世界将变成美好的人间。"

还有一次，我刚吃完午饭，就见一位女同志骑着电瓶车来到我跟前："大叔，我给你送午饭来了，你要不要？"

我赶忙说："只要你里面没药，我就要。"

"大叔真逗，里面哪有药啦，你看适合你吃吗？"我一看，呵，四大盒饭菜。"大叔，这是我们公司食堂的饭，每天都有剩下的，你需要的话，我每天中午都给你送来。"

"太谢谢你了，来，闺女，坐这儿休息会儿。"我把纸皮铺在我旁边的平台上，她也不客气，一屁股坐了下来。

"大叔，我姓马，叫我小马就行。我在南边的大楼上班，你能说说你的故事吗？"

"我的故事非常复杂曲折，你有时间听吗？"

"有，我两点才上班，你慢慢说。"于是我一五一十地把我的一生，捡重点跟她说了一遍。她听后，沉默了大概有一分钟，然后问我以后如何打算？

"就此消磨下去，了此一生。"

"你太消极了，这样吧，我看你也是有文化知识的人，明天我给你带两本书来。如果你有兴趣看，就看下去，如果没兴趣，再还给我，好吗？"

"太好了，有书看简直太好了，我期盼你的书。"

"好，那我走了，上班时间快到了。"她骑着电瓶车走了。

啊！有书看了，太棒了，如果不是在大庭广众之下，我简直要跳起来。

第二天中午，她如期而至，不但送来了饭，而且把书也带来了，厚厚的两大本，我如获至宝地看了起来。早餐有人送，中饭也有人送，还有书看，多好啊。

2023年春节以后，我是彻底"退休"了，我的两条腿痛得实在去不了太远的路。这还是其次，主要也头晕得厉害，走路老是往左倒，得努力控制才行。走不了就不去了，反正也有饭吃，有水喝，时间大把的。

可能我是世界上第一懒人，在这空闲的时间里我就把这些书看看，消磨消磨光阴，打发打发时间。不过，每天我还得适当地走路，锻炼锻炼，以免以后变成了瘫子。

# 八、背包和垃圾桶

2024年国庆节假期的第一天，10月1日，我起得挺早，闲不住，去捡东西。走在大街上，没什么人，于是我干脆一直往西去，往越秀公园方向，好长时间没去那边了。

小腿肚子突然开始酸痛，越往前走越痛，实在走不动了，于是我在路边随便找个地方休息一下，然后再慢慢地往前走。到了一座桥的下面，有两个石头凳子，我就一屁股坐在凳子上面不走了，给十万也不走了。我平躺在石凳上，真舒服啊，我想好好地休息一下。

就这样，我躺了十来分钟，然后想坐起来，往右边一翻身，却发现在石凳和墙之间将近30厘米的缝隙里，有个黑色的双肩背包。我一骨碌爬起来，把包拿了起来，挺新的，挺沉的。

　　我打开包，啊！一个笔记本电脑，还是苹果的，还有很多文件夹和本子，以及一瓶没开盖的柠檬茶。这人丢了这么贵重的东西得多着急呀！我坐下来等，等啊等啊，却一直没有人来。

　　由于太渴了，我把那个背包里的柠檬茶拧开，喝了几口，真凉快啊。正在这时，来了一个男的，推着大行李箱，大概30多岁，匆匆来到我面前："老人家，你看见一个黑色的背包吗？"我当时把背包放在了石凳的侧面，正好挡住了他的视线。

　　我问他："你什么时候丢的？"他说今天早晨八点多，里面有一台苹果电脑，还有一些文件，还有一瓶没喝过的饮料。

　　我问他："你说的饮料是什么牌子的？"

　　"柠檬茶，还是冻的。"他说。

　　"是这个吗？"我拿出了包，他一看欣喜若狂。我说："我一直等到现在，本来我想交到派出所，但是我腿痛走不了，正好你来了，省了我不少事，给你。"

　　我把包递给他，他死死地抓住我的手说："老人家，多谢你了，我兜里只有600元现金，您别嫌少，不够的话，我到银行再给您取点儿。"

　　我不好意思地收下钱，跟他说："不用麻顷了，我就是一个流浪老头，你不给钱，我也会给你，给我这600块，我就挺满足了。好了，你走吧。"

他一听我说我是打流的，一愣神儿，脸上的表情马上不太自然了，甚至连个招呼都没打就转身走了。

什么玩意儿呢？一听我是流浪老头脸就变了，这好人真难做啊！但不管怎么说，进账 600 元，就算打一天工也挣不了 600 元啊。

于是我决定找个地方好好吃一顿。好吃不过饺子，路过饺子馆，我走了进去，我之前就在小卖部买了一小瓶"百年糊涂"，现在要了一盘酸菜馅水饺，就着"百年糊涂"，美美地吃了起来。

吃饱喝足了之后，我一路往西走，走到越秀公园时都快中午了。由于山也爬不动，我便坐在台阶上休息、喝水、抽烟。前面就是广州火车站了，我犹豫了一会儿，但最终还是决定不去了，休息够了回去，腿痛就痛吧，慢慢走。

快到天河高架桥时，有个垃圾桶引起了我的注意：一大塑料袋的东西露在了外面。我走过去打开垃圾袋，一样一样地翻着。

"老伯，你找吃的呢？"我一看，一个女的，30 岁左右。我说："是呀，一路走过来，一点儿吃的都找不到。"

"别捡了，多脏啊，我这儿有点钱，够你吃几天了。"她从包里抓出一把钱，也没数，就塞给了我，扭头就走了。我赶紧冲她的背影喊："谢谢，谢谢。"

我看那钱全是 50 元的，一数有 10 张，500 元呀，加上我身上的，我将近有 1200 元，算是个小财主了。正好路过个卫生间，我就进去数钱，我本来有 150 元，加上 500 元，再加上 600 元，总共 1250 元。正好，留起来过冬。

一路往回走着，我越想越奇怪：怎么好好的，身上又不缺钱，我扒什么垃圾桶啊？而且，我刚打开垃圾袋就有钱来了，好事年年有，希望以后天天如此，这下把我高兴的，腿痛都忘了。（以上根据刘敏口述访谈资料、鼎和社工团队天河项目组协助刘敏撰写的流浪日记及广州市鼎和社会工作服务中心 2021—2024 年度相关服务档案整理，文中刘敏、李宏、"小山东"、小马为化名。）

2024 年 10 月 3 日晚上，刘伯跟鼎和社工团队聊天，对于特殊时间节点的事情，他记忆犹新，如数家珍：比如 2021 年、2022 年、2024 年的国庆节假期，他的讲述生动详细，听众仿佛也跟着他的脚步在流浪。

"刘伯，您的徒弟李宏，还跟您有联系吗？"

"没有联系过，他 2021 年 1 月份回老家之后，再没有联系过了，而且，后来我也不用手机了。"他说。

"您的手机呢？"

"2022 年 11 月份，我认识了一个流浪的，男的，跟李宏差不多年纪，50 岁左右，也戴个眼镜。他想找工作，没手机不行啊，于是我把我的手机送给他了。现在，我也不能长时间看手机了，眼神不行了。"

"手机，后来他还给您了吗？"

"没有，他回来看过我一次，后来就没消息了。"刘伯说，"我真佩服他啊，他从山西大同，骑着自行车一路南下来的广州。"

"没消息也好，他和李宏一样，还年轻呢，没有消息可能就是好消息吧。"刘伯缓缓站起来，整理他的袋子。"这些御寒物资都是新的，天河救助队送过来的，过冬的东西齐了，我拾掇拾掇。时间不早了，你们也早点回家吧。"

夜深了，风凉了。汽车的轰鸣声依然此消彼长。刘伯拿出一包纸巾，抽出来一张，用水杯里的水稍稍打湿纸巾，拧了又拧，再把纸巾一分为二，做成他睡觉前要用的"耳塞"。就像他常说的那句口头禅一样，"完活"。

2024年11月，在广州市救助管理站市区分站、广州市天河区民政局、广州市天河区流动救助服务队和石家庄市救助管理站的多方协调下，在广州市鼎和社会工作服务中心、让爱回家、暖加公益、蜗牛公益等公益团队的合力救助下，刘伯户籍地相关部门再次启动社会保障支持的对接工作，流浪在外五年的刘伯即将得到妥善安置。

# 第三章
# 22 年后的"死而复生"

　　我们父子两人因误解而天各一方,多年未见,经过这次沟通
交流,才发现彼此对于当时处境的体会和感受完全不同。我多希
望我们父子之间那些说不出口的话,随着夏天的过去而过去。

2022 年 7 月 26 日中午，阿正从广州抵达湖北 M 城。M 城当天上午发布了暴雨橙色预警信息，大雨滂沱，导致火车晚点了一个多小时。阿正的伯伯到车站接他，望着 22 年后"死而复生"的他，伯伯紧紧抱住他，生怕一不小心他就会再次消失不见。

"我到家了。"

"我大伯来车站接我的。"

"家乡变化太大了。"

"你们放心吧！"

阿正给广州市天河区救助队与鼎和社工团队打来电话报平安。电话那头断断续续的声音，传递着阿正激动的心情。广州与 M 城相距 1100 公里，高铁车程只需几个小时，普快车程也不过十几个小时。但在这并不遥远的时空距离里，阿正的返乡之路，却用了整整 22 年。

难以想象：22 年时间里，一个人没有身份证要怎么生活呢？1990 年出生的阿正，在 2000 年，也就是他十岁时，怀着复杂的心情离开了家乡。一直到 2022 年，他才回到家人身边。这 22 年里，他一直过着没有身份证的生活。

# 一、7 月 19 日：寻亲，因同伴返乡而心动

我叫阿正，我的经历一言难尽。2022 年 7 月 19 日下午，广州的天，热气腾腾。我迷迷糊糊地躺在立交桥下睡觉，准备晚上出去拾荒，就是捡拾些纸皮、空瓶子和别人扔掉的食品。

这时，有几个人来到桥下。我认得他们，是天河区救助服务队工作人员与鼎和社工团队的社工，他们来过很多次。我侧了侧身，用扇子蒙住脸。炙热的风像一堵墙一样，包裹住我的全身，我没有出汗，我琢磨着我的汗水应该已经淌干了。

他们去到王哥那边。王哥是桥底的"帮主"，他说他在桥底已经有四五年，这里是他的家。他的家面积最大，他独一无二的"宝贝"最多：一辆三轮车、一辆自行车、一个睡袋、一床棉被、一堆纸皮和一堆瓶瓶罐罐。

这些家当在所有流浪者心目中的重要性，是常人难以理解的。有一次，我不小心打碎了王哥的一瓶空的老干妈玻璃罐子，他几天没跟我说过话。

王哥正在睡觉，有个叫保华的社工叫醒他："王哥，我是保华，你醒醒，我们找到你妹妹了，她要跟你视频通话。"

"真的假的？"王哥坐起来。我把遮在脸上的扇子挪开，半信半疑地望过去。是真的，虽然十几年没回过家，但王哥还是一眼认出了妹妹。他妹妹哭了，王哥也哭了。

王哥跟我一样，都没有手机，但他有身份证，保华马上帮他在网上订票，订到了三天后，回他山东老家的车票。保华叫王哥别担心，这个车票费用由天河救助队和鼎和社工团队承担。

王哥回家心切，我走过去帮着王哥清理他的家当。他把三轮车、自行车、纸皮和报纸一股脑儿都送给了我。我发达了。

保华帮我把王哥送我的东西归拢好，问我："今天没出去呀？"

我告诉他准备晚上出去碰碰运气，天气太热，晚上凉快点。他转身要离开的时候，我叫住他，吞吞吐吐地问："好找家吗？我也想找家。"

保华说："好啊，阿正，我几次找你聊天，你都说不用不用，你说说看，看看我们能不能帮到你。"

我平时说话有点吃力，就是口吃，我一字一顿地告诉他我记得自己的老家在湖北 M 城，至于是哪个镇、哪个村子，还要好好回想回想。

我记得自己是 1990 年出生，小时候随父母到广东务工生活过一段时间，后又返回老家。七八岁时，父母离异，我跟着父亲又回到广东生活。我还有一个姐姐，姐姐跟着妈妈生活在湖北老家。

后来，父母先后再婚。父亲再婚之后，我感到很失落，感觉自己被父母抛弃了，一气之下，2000 年，我十岁的时候离家出走，从此再也没有跟父母联系过，过上了流浪漂泊的日子。

其实，我并非想寻亲，而是希望能够证明自己的身份，办理身份证，好自食其力。没有身份证，寸步难行，我只想回老家补办身份证。

"阿正，这 22 年里，没有身份证，你是怎么生活的啊？"保华感到不可思议。

"因为我最熟悉的地方就是广东，这 22 年，我去过广东不同的城市，干过小作坊，进过工地，打过散工。没有身份证，大型工厂不要我，我只能不停地换地方、换工作。"我很沮丧，说话更加结结巴巴了。

保华盘腿坐在我的铺盖上，拿出本子和笔，叫我慢慢讲，不用着急。保华是广东人，他说他做社工已是第三年，他一个一个记录下我讲述的城市。

我时断时续地讲述，基本勾勒出我的成长轨迹：因为感觉被亲生父母"抛弃"，离家出走 22 年，这 22 年里没有身份证，没有跟家人联络过，一直以"黑户"的身份，过一天算一天。

保华安抚我的情绪，引导我慢慢说出自己的经历。他通过手机上的"亿个村"小程序帮助我去回忆，终于，我找到了我记忆中的那个村子。这个村子的名字里有一个字，跟我的姓氏是一样的。

基本确认我的户籍地址之后，保华说会上报到天河区救助队，协调各方力量，尽快帮我联系上家人。我没有稳定收入来源，也没有身份证办电话卡，我的旧手机只能当"电视"用，看看视频打发时间。

为方便联系，保华记下露宿地伙伴张叔的联系方式。张叔认为我还很年轻，鼓励我尽快办好身份证，融入社会。

# 二、7 月 20 日：亲情，与"伯伯"视频相认

第二天，我重复着周而复始的生活轨迹，躺在桥下睡觉。张叔接到社工保华的电话，说保华要来找我，告诉我不要离开。一下子，我忐忑不安起来。

张叔安慰我："阿正啊，肯定是有好消息。你要回家的话，那个三轮车能送给我吧？"

怎么可能这么快呢？我勉强笑了笑："叔，都送给你，放心吧。"保华很快赶过来，给我带来几瓶水。他打开本子，跟我再次核实一些情况，我看到爸爸、妈妈、伯伯的名字，心怦怦直跳。

我告诉他："名字都对的，一模一样。"

保华说："那就没错了，我们联系上你老家的村委会，找到了你伯伯的电话。你伯伯说你十来岁的时候，从广东回过一次湖北老家找你妈妈，你妈妈还给了你几十块钱呢。后来你离开了，你家里人也找不到你。当时，村里有个小孩在池塘玩水淹死了，你妈妈也去看了那个小孩，因为溺水时间有点久了，加之你妈妈悲伤过度，误认为溺水死亡的那个男孩就是你。你家里人都以为你在20多年前就死了，所以没找你。"

啊？竟然有这么离奇的事情！我蹲在地上，一时间呆住了。我一直以为父母不要我了，却不曾想到，在父母心中，22年前，我就已经"死"了。

我呆若木鸡的时候，保华再次接到自称是我"伯伯"的电话，我"伯伯"要跟我视频通话，再次相互确认一下身份。我没有接电话。

我猛地站起来，走来走去，始终安静不下来。最终，我坐在自己的铺盖上说："再等等，再等等吧。"我不停地用手撕扯着报纸，撕成一片一片的。

但我"伯伯"早已急不可耐，不停地打来视频电话。我只能同意接电话。接通视频电话后，我不敢看视频，沉默好久，欲言又止。我跟"伯伯"不熟悉，不知从何说起。

保华不断引导我描述自己小时候的事情、家住在哪里、家人姓名，等等。他安抚我放下担忧，村委会可能最先联系了"伯伯"。我们两个人的视频通话因为信号不好，只进行了很短的时间。我更加局促不安。

第一次视频通话之后，我"伯伯"马上又打来视频电话。我避开大家的注视，蹲在角落里，开始讲述自己的童年与家庭情况。"伯伯"听着听着，大声哭起来。我不敢看视频，只是低声讲着。

"伯伯"打断了我的话，他说："你别讲了，你看着我，我来讲吧。阿正呀，我不是你伯伯，我是你爸爸，我是爸爸啊!"原来，爸爸不敢相信我还活着，所以谎称是"伯伯"。

"爸，你头发怎么白了这么多?"我望着视频里的爸爸。

"60多岁的人，头发能不白嘛。"爸爸安慰我。

这个跨越22年时空的通话，让我第一次了解到自己并不是被父母"抛弃"，也让爸爸相信了我的"死而复生"。我们整整聊了两个小时，爸爸告诉我，他现在在河南生活，因为疫情影响，他没法来广州接我。爸爸说给我打来生活费，嘱咐我尽快回湖北老家，大伯会帮我办理户籍。

在我的记忆里，父母离异，我跟随父亲生活。父亲再婚后忙于生计，我自己跑回母亲家，但母亲也顾不上管我，似乎任何一方都不要我，在小时候的我看来，这便是"抛弃"。

而在父亲的印象中，我小时候好调皮，多次跑出去又被找回来。由于忙着赚钱养家，有时候顾不上我，只能请老乡代为看管。后来才得知我"溺水身亡"，见到的也只是骨灰，从未想过我还活着。

我们父子两人因误解而天各一方，多年未见，经过这次沟通交流，才发现彼此对于当时处境的体会和感受完全不同。我多希望我们父子之间那些说不出口的话，随着夏天的过去而过去。

天气炎热，我光着膀子蹲在地上默默抽烟。我黝黑的肩膀情不自禁地抖动。我极力压抑着内心的波澜。此刻，周边的喧嚣与我无关。

# 三、7月21日：身份，爸爸保留着我的户口本

直到今天，我才知道我是谁。今天，就相当于我的"重生"之日。

中午，保华过来找我。他把我爸爸发给他的照片给我看，照片上是我的户口本，爸爸保留着我的户口本，没有注销我的户籍，我终于知道了自己的具体出生日期：1990年7月1日。

1998年5月10日，爸爸为我办理户口登记。2000年，爸爸以为我"溺水死亡"，并没有给我办理身份证，但也没有注销我的户籍。那么多年过去，爸爸仍然保留着我的户口本，但是我的

身份证一栏是空白的。这意味着我无法自己购票返乡。

保华叫我不用着急，他解释说，对于户籍注销或无法提供有效身份信息的流浪者，在能够核实其真实身份信息和家人情况的前提下，救助站可以通过个人的进站救助编号为其购票返乡，并由救助站提供乘车证明。他所在的鼎和社工团队经手过很多这样的案例。

为解除我的后顾之忧，保华再次联系我老家的村委会，咨询我的户籍信息后续补办问题。村委会答复说我的户口处于冻结状态，村委会可以开具相关证明，帮助我恢复户籍和办理身份证件。

爸爸将我"死而复生"的消息告诉了家人，全家人都无比高兴，欢迎我回家。唯一遗憾的是，没有办法联系上妈妈和姐姐。紧接着，我真正的伯伯来电，询问我的返乡时间，说要亲自去车站接我。

保华对伯伯说明了情况，并准备今晚带我去做核酸检测，明天出结果就送我去救助站，通过救助站购票返乡。等具体返乡时间确定后，他会再通知伯伯。保华添加了伯伯的微信，以便后续保持沟通。

保华一直在桥下陪着我到晚上，天河救助队联系了附近的街道办事处，街道办事处的工作人员亲自过来给我进行了核酸检测。我对于回老家办证的时间有顾虑，觉得住在伯伯家的时间太长会不太方便。对于我的顾虑，保华告诉我，这需要一定的时间去相互磨合和适应。

今晚，注定是个不眠之夜。

在我露宿的地方，一共有五个人。除了王哥、张叔，另外两个伙伴都是东北老乡，平时来无影去无踪的，不知道怎么过活，也没见他们去打散工，很神秘。

山东的王哥买了明天一早的车票，他的核酸检测正常。我的核酸检测结果预计明天下午能出来，出来后我就会进救助站暂住，等待车票，然后回老家。

我和王哥都有些舍不得离开熟悉的广州，离开朝夕相处的伙伴。我步行了很远的路，买回来白酒、啤酒和鸭脖子。我们五个人围坐在一起，喝酒聊天。

"阿正，回老家后报个平安，赶快找个媳妇吧，不要像我，老光棍一个。"张叔不断叮嘱我，张叔是我们五个人里唯一有手机的。他60岁左右，从未说过自己流浪背后的故事。他总说他是"一人吃饱，全家不饿"。

王哥看上去忧心忡忡，平时酒量很好的他，那天举杯的频次特别少。他拿出车票，反反复复地看着，自言自语："40多岁的人了，没弄出个名堂，没赚到什么钱，穷得叮当山响，混得灰头土脸的，真不好意思回家啊！"

张叔抢过他的车票，看了看价格说："我去，500多块呢，你不回去，不就浪费了人家给你买票的钱啊！别想那么多，先回去吧，回家看看老人也好，车到山前必有路，回家总比在这儿喝西北风强。"

王哥夺回他的车票，用力拍着张叔的肩膀说："什么西北风呀，你喝的是珠江纯生，地道的广州啤酒，在全国都响当当的。"

我们喝到天明。环卫工打扫街道的扫把声、越来越多的汽车轰鸣声、越来越明亮的光线、越来越炽热的温度，预示着广州的又一个清晨即将来临。

# 四、7月22日：还钱，到便利店清账

我一直睡到中午。张叔推醒我，说社工保华打来电话，告诉我核酸检测结果出来了，阴性，叫我收拾好东西，晚上8点钟他过来送我去救助站。

我起来才知道，王哥一早就走了，他担心误点，去火车站很早。我有些懊悔，昨晚还想着要早点起来送送王哥。王哥没送成，我却面临和王哥一样的"烦恼"：我也要开始清理家当。

我的家当少得可怜：一床凉席、一桶喝了一半的矿泉水、一张床单和一个小背包。除此之外，我还有一件"镇宅之宝"——一个平板拉车——我把它送给了张叔。东北的两位伙伴出去了，我把王哥送给我的那些东西全部给了张叔。

张叔要请我吃盒饭，我说不用了，我要去一下邻近的便利店把欠账清掉，顺便吃个泡面。

便利店老板很热情，见我过来，叫我坐在小桌子旁，没等我开口，就麻利地给我拿来一桶麻辣味道的泡面、一根火腿肠和一瓶啤酒。我打开泡面，加上开水，撕开火腿肠，吃上一大口，又咕咚咕咚喝了几口啤酒。

"老板，把我的欠账算一下，我给你全结了，我要回老家去。"

"回家好，回家好啊。"

老板找出来账本，用计算器把我的欠账算了算："靓仔，加上今天的，一共73块5毛，你给70块就行，账目你自己看看对不对？"

"不用看的。"我把钱递给老板。

老板拉了把椅子坐过来，递给我一根烟，问："靓仔，回老家之后有什么打算？"

我说我没想好。这是真的，我不知道回去后会怎么样。都说三十而立，我要咋"立"呢？

"阿牛哥，来包烟。"有顾客来，店老板应声而去。这家便利店有个让人过目不忘的名字：阿牛哥。很多街坊过来都会这样叫老板："阿牛哥，来瓶耗油。""阿牛哥，来个榴莲。"

我不知道老板的真名是不是"阿牛哥"，我一直称呼他"老板"。我几乎没上过学，但我的记忆力还行，我一直记得第一次跟老板赊账的情形：那是去年的中秋节，我晚上来店里选了一大包吃的、喝的，到前台结账，30块多点，老板说收30块，我递过去100块。老板接过钱，习惯性地用手抖了抖钱，然后摇了摇头，把我的100块放到验钞机上，验钞机"滴滴"了几声，老板说："靓仔，你这张是假的。"

怎么会这样？这是我今天在服装批发市场，帮人拉货打散工的收入，我一个人装了一个货柜车，货柜车司机给我结的账。我把手上的一大袋东西还给老板，说我不买了，让他把钱还给我，我回去找那个货柜车司机算账。

"假币不能还给你，按照规定要上交的。你回去也找不到那个司机了，很可能司机都不清楚这假币是怎么回事。"老板把东西递给我，叫我拿走，他给我记个账，下次我再来还。

老板问我："你叫什么名字啊？我给你立个账，我看你总过来买东西。"

在外这么多年，遇到假币的事情有好多次，但从来没有像这次让我如此难堪，除了这张假币，我身无分文。

我很快把第一次欠账还上，给老板留下了好印象。但我漂泊的生活常常有上顿没下顿的，陆陆续续，我在老板这里循环着欠账，还账，再欠账，再还账。

老板的年龄大概跟我爸爸相仿，听口音是地道的广州人。他从来没有跟我八卦过什么，也没有打听过我为啥混得狼狈不堪，饥一顿饱一顿的。

但我见过他的焦急，有一次，我看到他把卖不掉且就要坏掉的水果和蔬菜，小心翼翼地归拢到角落里，等待着环卫工上门拉走，他心痛地说："都是银子啊！可惜了！这么靓，没人要。"

这么多年，漂在广州，正是这些不分高低贵贱的包容与接纳，让我找到"家"的感觉。

# 五、7月23日：失眠，第一次进救助站

蒙眬中，有人起床，走出去又走回来，应该是去上厕所。我

睁开眼睛，瞄了下墙上的挂钟，发现才凌晨 4 点多。

昨晚我失眠了。我是昨晚 9 点多进广州市救助管理站市区分站的。这是我第一次进救助站，之前只是听说过。对于救助站，流浪的伙伴们各有评价，有说好的，有吃有喝；有说不自在的，不能抽烟，不能喝酒。

保华送我进救助站的路上跟我交代，叫我遵守救助站的各项规定，救助站也有他的同事，就是驻站社工，叫我有事可以找救助站工作人员，也可以找社工。

昨晚，我冲过澡，穿上干净的 T 恤，躺在有冷气的房间里，感受着身下床垫的柔软。这种陌生的感觉，让我很不适应。

这种不适应，从昨晚，强烈地持续到现在。我索性早早起床。把被子叠了叠，我的房间里有四张床铺，但只住了两个人。

天色越来越亮。我走到院子里，清新的空气扑面而来。此时，空气里没有我原来露宿桥底时会闻到的混合型味道：尿液味、汗水味、脚丫子味，以及酸臭的味道。

在外漂泊多年，我对气味非常敏感。有时候，迎面而来一个人，不用仔细去看，凭着那股酸酸的、黏糊糊的气息，我就知道我遇到了同行——流浪者。

救助站里的早餐有米粥、炒粉、鸡蛋。但我头晕晕的，吃不下，只勉强吃了炒粉。吃过早餐，我们被工作人员组织起来，一起到活动室看电视。

电视上正在播放广州新冠疫情情况：2022 年 7 月 22 日 0 时至 24 时，全市无新增本土确诊病例和本土无症状感染者。新增境外输入确诊病例 4 例，新增境外输入无症状感染者 8 例，另有 1 例此前已公布的境外输入无症状感染者转确诊病例。

看完电视，我回到房间睡觉。救助站工作人员进来叫我，我跟着他到了办公室，我看他工作牌上写着名字——张杰，他告诉我可以帮我预定两天后（7 月 25 日），晚上班次的火车票。

"天河救助队和鼎和社工提前联系过我们救助站，你看看，你还有什么想法和要求，你不用担心没有身份证，我们会给你出票、开乘车证明。"

我说好的，没提出别的要求。我接着回去睡觉。

但我根本睡不着。一下子来到一个陌生的环境，我很惶恐。救助站里的安静、舒适和井井有条，使我浑身不自在。我突然很怀念桥底的露宿生活，天地为家，无拘无束，多好啊。

我一骨碌爬起床，翻了翻口袋，找到鼎和社工团队的卡片，上面有保华的手机号码。我去找救助站工作人员，说我要打个电话，我被领到一个电话机前。

保华接了电话，我说我是阿正，我不想待在救助站了，想回桥底，回我的"老巢"。

保华很耐心地说："不要着急，你就当休息几天嘛，救助站里的社工在接待区忙着，明天会去找你的。"

我又给张叔打去电话。打了几次，张叔才接电话。

张叔听了我的意思，没有保华那样"温柔"，他大嗓门地喊起来："什么？你要回来？你脑袋进水了吧，你回来干啥，这四处漏风的地方有啥好的，你赶快回家，把户口办下来。听没听见，你要回来，你信不信我踢你！"

我接着回去睡觉。中饭是盒饭，菜品挺丰富的，荤素搭配。吃过中饭后，我又接着回去睡觉。也许是太困了，也许是有点适应救助站的环境了，我睡了一个下午。

# 六、7月24日：焦虑，度日如年的一天

上午9点钟，救助站的社工到房间叫我，我随她来到了救助站的社工室。社工室里有三名社工在忙着，其中一名女性社工自我介绍说她姓王，我可以叫她王社工。她说她跟保华是同一家社工机构的，叫我坐到沙发上，一起聊聊天。

我坐在沙发的一角。多年来，我没有单独跟女孩子聊过天，不知道该说些什么。王社工翻阅着我的进站救助记录表，问我："你回湖北老家，家里人有没有给你做疫情防控报备？"

我说不知道情况。她说没事，她会联系我伯伯。

我鼓足勇气，问她："我不想住在救助站，能不能拿了车票后离开，明天我自己去火车站，这样行不行？"

"这样肯定不行。"她斩钉截铁地回复我，"你没有身份证，没有微信，你出去之后很难做核酸检测的，在救助站里是一天一次核酸检测。今天会给你做核酸检测，明天下午出结果，我们给你把核酸检测结果打印出来，你明天晚上坐车刚好可以用，我们会送你到火车站的。"

我低下头，没有说话。可我还是想出去。

"我听保华说你喜欢下象棋，这里也有人喜欢下象棋的，我去找他，你们在活动室下下棋。"王社工看我沉默不语，找了另外一名进站救助的大哥陪我下象棋。

喜欢下象棋的大哥叫李棋，他说他是80后，他爸在陕西老家号称"棋王"，所以给他取名李棋。他来广州打工时丢失了钱包和身份证，他要回老家补办身份证。

我自认为象棋是我的强项。我喜欢研究棋谱，没事的时候总喜欢下几盘。可露宿地的伙伴们水平有限，我遇不上对手，有点孤独求败的感觉。

正是这种飘飘然的感觉，使我上过一次当。我去商业街的棋摊打过几次擂台，每次不敢下注太大，最多20块钱一次。摊主是个大胡子老伯，笑眯眯的，漫不经心的样子。

几次打擂下来，我是赢多输少。老伯很客气，风轻云淡，他输了钱，还要很客气地说谢谢我。我怀疑老伯这个水平怎么养家糊口啊。

赢了老伯几次小钱之后，我的胃口越来越大。有一天喝了点酒，我又去棋摊找他，要跟他搞点大的。我数了数兜里的钱，半年打零工攒下来的有1 200多块。我叫老伯亮亮他的家底，他拿出厚厚一沓钞票。

我信心十足，跟他下战书："只搞两盘棋，每盘棋600块。"

他摸了摸胡子，笑了，说："小伙子，你留200块，每盘棋500块吧。"

我想也行，少赢200块无所谓。而结果是，我少输了200

块。老伯干净利落地连赢两盘，我输得心服口服。山外有山，我为我之前担忧他的棋艺水平而无地自容。我再没去过他的棋摊，我也不再研究棋谱。

书归正传。李棋的水平比我高了几个档次，我连输三盘。我说："大哥，你的水平可以去摆棋摊，你比我见过的摊主厉害得多。"我把那次输了1000块的经历讲给他听，他说残棋都是有套路的，要研究残棋棋谱才行，不然去下残棋，就是给摊主送钱。

"你有兴趣的话，我可以教你残棋棋谱。"他很热心。

"我先去睡会儿。"我借口推辞。

其实，我有兴趣，我也不困，我就是焦虑。我躺在床上翻来覆去，睡不着。

回老家之后怎么办？我该怎么面对爸爸、伯伯和其他亲戚？还能联系上妈妈和姐姐吗？

影影绰绰的记忆里，最后一次看见妈妈，是我从广东跑回老家找她。当时妈妈正准备到镇上去赶集，我说我也要去，妈妈说车子坐不下那么多人，给我几十块钱，叫我到村里的商店自己买点吃的。一气之下，我拿着钱离家出走，再也没见过妈妈。

妈妈，在哪呢？

# 七、7月25日：返乡，没有身份证号码的车票

下午5点多，吃过晚饭后，救助站工作人员为我和李棋办理

了离站手续。我的车票是晚上 7 点 54 分的，到达老家的时间为第二天上午 10 点。李棋的车票是晚上 8 点多的。

救助站工作人员、驻站社工把我和李棋送到广州火车站，并叮嘱我们早点上车，不要误了车次。社工把我伯伯的手机号码写在车票背面，告诉我已经联系好我的伯伯，伯伯会到车站接我。

站在偌大的广州火车站广场，我迷迷瞪瞪，有些迷茫。我来过火车站很多次，但都是过来拾荒。因为没有身份证，我没在广州火车站坐过火车。

保华曾说要过来送我上车，我毫不犹豫地拒绝了他。我一个大男人，还需要送站吗？但此刻我一下子后悔起来，还好，有李棋大哥在，他熟悉火车站。

对于办理乘车手续，我有些手足无措：不知道怎么验票，不清楚行李需要安检，不会看候车示意图。李棋轻车熟路，他带我进站，找到我所乘车次的候车室，在二楼，太巧了，我和他的车次在同一个候车室。一看时间，才晚上 6 点 20 分，距离发车时间还有一个半小时。我安心了。

也许是因为这几天救助站里的伙食太好，我有点消化不良，要上个厕所。我把车票给李棋，叫他帮我保管车票，我担心自己会搞丢。他给我指了厕所的方向，告诉我上完厕所马上回来，他会在座位上等我。

我上了好长时间厕所。从厕所出来后，我傻眼了：我只记得走了挺远的路，却忘记了我原来的位置。

我在候车室里转啊转，找啊找。救助站给我们发了蓝色的 T

恤，我和李棋都穿着。我就找穿蓝色 T 恤的人，一个一个看过去，却还是没有找到李棋。

他是不是去了别的候车室？二楼有四个候车室，我又到其他的候车室去找，还是没找到。

我不是不想回老家吗？这是不是天意啊！我几乎绝望了。找着找着，我彻底放弃。

我大概还记得来的路，便下到一楼大厅，问一个带着工作牌的人，从哪里能出站？那是个特别年轻的小伙子，他问我："你为什么要出去啊？你是进来送站的吗？"我说我找不到候车室，我不想走了。

"你的车次是多少？我帮你看看在哪个候车室。"

"我忘了，不记得了。"

"你到什么地方？"他又问我。

"湖北，M 城。"我说。

"在二楼，我知道候车室，我刚刚送人上去过，我送你过去。"

当我和小伙子再次回到候车室，终于找到了李棋，他披着一件衬衫，歪着脑袋，正在座位上睡觉。蓝色的 T 恤只露出来一个小小的领子。我说我怎么找不到他呢。

我摇醒他，他问我怎么去了那么久，我说我迷路了，差点就找不到他。他看看挂钟，说时间差不多了，便送我到闸口检票。

经过一番波折，我顺利坐上车。坐在座位上，我如释重负，手里紧紧抓住车票，第一次认真看着我的车票：广州至 M 城，

T180 车次，车票上有我的名字，身份证号码的位置是一长串救助编号。

我是谁？我能是谁呢？这 22 年里，我第一次感觉到身份证是如此的重要。

# 八、7 月 26 日：接站，见到真正的伯伯

和往常一样，凌晨 4 点多我就醒了。听广播说已经到岳阳站了。邻座的乘客想下车抽烟，另外一个乘客提醒他："岳阳站停车时间很短的，不要下去，再忍忍，下一站是武昌站，停车 20 多分钟呢。"

接近上午 8 点钟，火车到达武昌站。这站下去的乘客较多。我也下车到站台上透透气。武昌站是个大站，印象里，很多年前我在这里中转过，逃过票，也被抓过。

还有一个多小时就能到家了。可等啊等啊，火车一直没动，车厢里的广播响了，通知乘客说 M 城那边天气不好，在下大雨，列车要晚一点才开。

大雨？大到什么程度？伯伯还会不会到车站接我呢？我心急如焚，找到列车员问："几点能开车？M 城站那边有人接我，但我没有手机打电话通知他们火车晚点的信息。"

列车员安慰我："你不用急，火车的晚点信息在那边会显示的，接你的人能看到。"列车员盯着我看了又看，我没再问什么，回到座位上等。我能猜到列车员为什么要那样看我。他一定很奇

怪，什么年代了，一个大小伙子怎么会没有手机，八成是个骗子。

接着等啊等啊，火车还是不开动。已经快9点了，我更加着急。

我邻座是个男孩子，在用手机打游戏，游戏的声音很大，他的情绪很高涨。要不要借他的手机给我伯伯打个电话？我眼睛直勾勾地望着他的手机。

他注意到我的目光，说："不好意思，我把声音调小一点。"他把手机声音调小。

我抓住机会，跟他商量："我手机丢了，能不能用你的手机帮我发个短信，我伯伯在下一站等着接我，我怕他着急。"

他说没问题，他也在下一站下车。我把写有伯伯手机号码的车票递给他，告诉他发个信息就好。伯伯很快回复了，告诉我，他已在车站了，看到了车次晚点到达的公告。

联系上伯伯，我就放心了。中午时分，火车终于到达 M 城站，晚点一个多小时。天气阴沉沉的，还在下着小雨。

我不会看眼花缭乱的各种指示牌，也不知道出站口在哪里，只能紧紧跟着下车的乘客往外走。很多乘客边走边打电话："到了，到了，就在出站口会合。"

我手里攥着车票和两张打印纸，一张是我的核酸检测证明，另一张是伯伯的照片。我担心自己认不出伯伯，提前叫人帮我打印伯伯的照片。

火车站变化很大，出站的廊桥比记忆中宽阔些。远远地，我看到接站的人群。我放慢脚步，一个又一个急匆匆的乘客和我擦肩而过。一瞬间，我紧张起来，我害怕出站，几乎停下了脚步。

"你，说你呢，抓紧走，别挡住路!"车站工作人员走过来，推了推我的背包。

终于走出了出站口，我把雨伞收起来拎在手上。我担心伯伯认不出来雨伞下的我，雨伞也妨碍我找到伯伯。绵绵的雨丝打在我的脸上，我感觉我的脸有些发烫。

还好，我和伯伯几乎同时看到了彼此。伯伯扔掉雨伞，紧紧抱住了我。伯伯什么也没问，我也一时语塞。我的家乡，我回来了。我的亲人们，我回来了。（以上根据阿正口述访谈资料及广州市鼎和社会工作服务中心 2022—2024 年度相关服务档案整理，文中阿正、王哥、张叔、阿牛哥、李棋为化名。）

法国社会心理学家、群体心理学的创始人古斯塔夫·勒庞，以对群体心理特征的研究而闻名，他的代表作《乌合之众：大众心理研究》中有一段引人深思的话："人一到群体中，智商就严重降低，为了获得认同，个体愿意抛弃是非，用智商去换取那份让人备感安全的归属感。"

在写下阿正的故事时，这段话一直萦绕不去。由于阿正语言表达能力有限，讲述时断时续，难以完整还原他"死而复生"前的 22 年时光，只能通过八天时间，尽力呈现他的所思所想。

流浪者群体无疑是一个特殊的存在。为了尽快让阿正从这样的群体环境中抽身，鼎和社工团队决定将他送到救助站暂住，帮助他摆脱流浪露宿的现状，促使其下定决心返乡。

在阿正的救助寻亲过程中，广州市救助管理站市区分站、广州市天河区民政局救助小分队和鼎和社工团队的保华、子琼、叶熙、凤仪，做了大量细致入微的工作。

2022年12月，保华再次跟踪回访阿正返乡之后的情况，他表示已与爸爸和大部分亲友见面，但由于与家人多年未见比较生疏，还在逐渐熟悉阶段。他的户籍已经恢复，身份证也快办下来了，他还在湖北老家找了一份工作。

阿正有了手机，有了微信。他的微信名字里有"广州"两个字。广州，在他的生命历程之中，必定占据着独一无二的重要位置。

"终于有了自己的身份证，我每天都要反复看几遍。"电话聊天之后，阿正发来这样一段感慨。对于普通人而言，身份证是标配，而对于历经坎坷的阿正，身份证是他心目中的"圣物"。

2024年3月，由于阿正的手机号码显示为空号，微信也没有回应，保华联系了阿正的父亲。虽然他们未曾谋面，但阿正的父亲接到保华的电话时很客气，说阿正已经结婚，小两口正在湖南生活，并给了保华阿正新的手机号码。

犹豫了一下，保华没有拨打阿正的电话。阿正有了自己的家庭，步入了全新的生活。

此时此刻，放下才是最好的选择。

# 第四章
## 创纪录的七个月就业

　　人只有自己救自己。想开了，一切都会好的。是啊，就像强哥说的那样，我有手有脚，有力气，又不傻，为什么要浑浑噩噩地混日子？

2024年2月9日，大年三十。

鼎和社工团队收到阿涛发来的新年祝福信息："今天就是大年三十啦，祝新的一年里，一帆风顺，二龙腾飞，三羊开泰，四季平安，五福临门，六六大顺，七星高照，八方来财，九九同心，十全十美，百事亨通，千事吉祥，万事如意。"

此时，阿涛正在广州白云区的一家物流公司从事保安工作。"新年加班有三倍工资！"他正在加班。这样的新年祝福，在2023年、2022年、2021年、2020年、2017年，都同样有过。

鼎和社工团队能够与阿涛保持长期的联系，是因为在从事流浪救助服务的十年时间里，在就业帮扶工作中，他是就业时间最长的人，曾经连续就业七个月。

2016年底，鼎和社工团队第一次接触到阿涛。他看上去是个挺帅气的小伙子，个子不高，瘦瘦的，穿的衣服已经很久没有换过，看得出来在外露宿了很久。

2017年春节前夕，鼎和社工团队到救助站组织开展新年联欢会，再一次遇见他。他主动过来打招呼，并帮忙布置活动场地。

他说："现在就想找份能养活自己的工作，不想再过这种生活了。"社工肯定了他的想法，问他有什么技术，他说："没有读过什么书，就只能做没有技术含量的活，能找到一份工厂里包吃包住的工作就好。"

春节联欢活动结束后，大年初一和初二，社工到站内开展探访时，跟他再次谈起就业的事情，发现他就业意愿强烈。社工马上联系了团队志愿者连峰，他在一家电子厂做主管，得知他工作的工厂正在招工。

社工把这个消息告诉阿涛，他非常开心："春节期间在救助站里过年，等到年后就去面试。"

# 一、面试成功

我叫阿涛，1988 年出生在湖北。2013 年，我满怀希望地从老家来到广州打工，先后进入两家工厂工作。因种种原因，这两家厂子先后倒闭，老板欠薪跑路。两次就业失败，我怨恨黑心老板不负责任，也失去了就业的信心。

失业后，就业无门无路，连连碰壁。我不好意思回老家，担心亲朋好友看不起我。2016 年年初，身上的钱用光了，我不得不开始在街头露宿，边露宿边寻找工作机会，时常因饥一顿饱一顿而到救助站求助。

就这样过了一年，我对找工作抱有的希望越来越小，也越来越没有自信。在很多人眼里，我成为"跑站"的典型代表。所谓"跑站"，通常是指一些无所事事的人，往返于各个救助管理站，蹭吃、蹭喝、蹭住，伸手要钱、要车票，更有甚者以此为生。"跑站"人员通常思想较为顽固，已形成不劳而获的习惯，日常的劝导教育很难对其产生影响。虽然讨厌"跑站"，但我还是不得不经常去救助站。

我一直记得去就业面试的那一天：2017 年 2 月 5 日，大年初九。那天，我在救助站里等待鼎和社工团队的王哥来接我去工厂面试。对于面试，我没什么信心，看看再说吧。

为什么呢？我没有身份证，身份证丢失很长时间了，那时候，广州的身份证异地补办没有全面放开，我要回湖北老家才能补办。可我不想回老家。幸运的是，救助站的工作人员很给力，帮我到派出所开具了身份信息证明，盖了派出所的公章。

由于心里没底，我动员了一个人跟我一起去面试：黑龙江的阿辰，也是 80 后的小伙子。阿辰的经历更加复杂，他从小跟奶奶生活，长大后一直漂泊在外。

去面试的路上，我和阿辰都很兴奋，表示一定不会辜负鼎和社工团队的期望。阿辰跟王哥很熟悉，他们是黑龙江老乡，王哥曾帮助阿辰找过就业单位，但阿辰的就业时间不长。

满怀信心的我和阿辰来到电子厂，工厂规模很大，位于番禺区华山路，我们非常满意这里的环境。人都说自古华山一条路，既然来到了华山路，那就一定要争取就业成功。

经过工厂人事部门的面试，他们对我们两个人非常满意，愿意提供工作机会给我们。阿辰当场办理了入职手续，签订了劳动合同，准备参加岗前培训。我羡慕不已，帮助阿辰把他的行李送进工厂。

我因为没有身份证原件，只有身份证复印件与身份信息证明，不能马上办理入职，需要等到第二天工厂保卫处到派出所核查我的身份信息之后，才能给我办理入职。

王哥带我去照相、复印资料，为第二天入职做准备。考虑到我当时的经济情况，他向机构的爱心超市给我申请了风衣、洗漱用品、毛巾等物资。看到他为我的事情忙前忙后，我很感动，表示"一定要好好干"。

他把我安排在工厂附近的旅馆暂住，方便第二天入职。我们两个人又到工业园附近的办证大厅，咨询身份证异地补办的问题，可惜湖北没有开通这个业务，只有邻近广州的湖南、江西、广西开通了异地补办业务。

2月6日一大早，王哥来到我暂住的旅馆，督促我再查看一遍入职所需要的资料是否齐全。所有东西收拾好，退了房后，我们就一起去吃了早餐。早餐过后，他带着我到工厂，与工厂里的志愿者连峰一起协商入职事宜，最后在连峰的协调之下，我成功入职，参加了岗前培训，并顺利签约。

但工厂要求我在两个月内提供身份证原件，或者临时身份证原件。于是我准备在休息的时候回老家办理身份证，顺便看看父母。在我与王哥分别时，我主动握住他的手，我感受到我眼角肯定泛有泪光。

我郑重地说："我一定好好干，不辜负你的好心。"流浪漂泊一年后，我找到了工作。

# 二、住院三天

我和阿辰的顺利就业给了鼎和社工团队极大的鼓舞，这是他们团队第一次尝试把两个人同时介绍到一家工厂工作，希望我们两个人能够相互陪伴，抱团取暖。我们两个人的成功就业也得到了新闻媒体的积极关注。

作为一名"南漂"，今年 30 岁的东北小伙子阿辰在广州已经漂荡了近十年。他出生后因家庭变故由奶奶带大，2007 年独自到广州打工，存了几年钱后，在一次春节回家时被偷走所有财物和身份证，自觉无脸面回老家，只好在广州过起流浪生活，捡过破烂，睡过立交桥洞。

不过这样流离失所的日子已经结束。在社工组织的流浪乞讨人员帮扶项目的帮助下，鸡年春节过后，阿辰在番禺一家电子厂找到工作，成为流水线上的工人。和阿辰有类似经历的湖北小伙子阿涛也同样应聘为电子厂的工人，两个人都告别了流浪汉的身份，安居下来成为广州的新街坊。

鼎和社工总干事王连权介绍，流浪乞讨人员帮扶项目是该社工组织承接的主要项目之一，2015 年签约，有效期至 2019 年年底。阿辰和阿涛都是鼎和社工团队的帮扶对象。

王连权说："我们画了流浪乞讨地图，知道去哪里能找到人，通过软磨硬泡，时间长了，我们走进了他们的心里，根据他们的需要做个案帮扶。"他还表示，就业帮扶是对流浪乞讨人员帮扶的内容之一，对于有就业能力和就业意愿的流浪者，社工团队会提供就业信息或帮助联系工作。

"我们今年已帮助八名流浪乞讨人员成功就业，成功的标准是工作都能干满三个月以上。"王连权希望阿辰和阿涛能互相扶持，重新融入社会。①

东北小伙子阿辰口才好，他在这篇新闻媒体报道里成为主角，我是配角。然而，好景不长。在媒体报道几天之后，他因参加聚众斗殴住院了。

事情的起因很简单，他在饭堂里因为座位问题与其他工友产生矛盾，双方相约晚饭后在篮球场"单挑"。结果对方"不讲武德"，叫来了四个人，把他打得鼻青脸肿，住院治疗三天。

工厂按照管理制度，为阿辰争取到了医疗费用，并将所有参与打架的人员开除。短暂就业后，阿辰再次失业。

我和阿辰入职前，鼎和社工团队借给我们两个人每人500元现金作为饭堂伙食费。阿辰手机不太好用，鼎和社工团队还借了一台手机给他。阿辰被开除之后，曾给我打过一次电话，后来失联。我了解到，阿辰没有归还手机和500元。好借好还，我在第一个月开工资后，马上还了500元借款。

得知阿辰被开除，鼎和社工团队联系我，担心我受到影响。我还好，没有受到什么影响，继续工作。一个月之后，鼎和社工团队选择我休息时间到工厂看望我。我特意穿上整洁的工装，和社工一起到便利店喝奶茶、聊天。

我已经回老家办理了身份证，近期会快递过来。对于目前的工作，我很满意。工厂属于半自动化作业，主要加工某品牌手机

---

① 卢文洁、印锐：《"心里安稳，从今踏实干！"》，《广州日报》，2017年2月13日。

零配件，体力劳动强度不大，加上我有工厂工作的经验，工作起来较为轻松。

就业两个月后，我接到王哥的电话，我自豪地说："在工厂的工作很顺利，与工友的关系很好，已经结识了几个新朋友。"

王哥告诉我："阿涛，好好干。你的成功就业，使我们团队更有动力和信心去帮助更多需要就业的人。"

至于与家人的联系，我现在每周都会打电话回家，父母知道我找到工作，对我放心许多。王哥鼓励我要与家人保持联系，我开心地笑了。

# 三、把酒言欢

2017 年 5 月 1 日，劳动节，我放假。我打电话给王哥，约他晚上一起喝酒，我请客。他下意识地回绝了我，说他从事流浪者救助工作以来，一直坚持着一个"标准"：跟流浪者可以一起吃饭，但不要一起喝酒。

"王哥，你如果不来喝酒，就是看不起我啊。"我很坚持。最终，他欣然赴约。

王哥是东北人，我选了工厂附近的一家东北烧烤店。推杯换盏之间，我伸出两个手指，自豪地告诉他："王哥，我现在有钱啦，我攒了快两万块。"

看着我涨红的脸庞和兴奋的手势，他一下子愣住了。他跟我说，这样类似的情景，在他之前的就业帮扶过程中出现过好几次。每次都是他们团队辛辛苦苦帮助流浪者找到工作，流浪者再辛辛苦苦就业一段时间，等攒到一些钱的时候，就开始"飘"了，想去赚大钱，结果往往是就业中断，处处碰壁之后，钱没了，信心没了，再次沦落到流浪露宿的初始状态。

他拉住我不停举杯的手，望着我说："阿涛，少喝点，我给你讲讲我们团队就业帮扶的第一个案例吧，你有没有兴趣?"

"王哥，有兴趣，你说吧。"我想听听。

其实，鼎和社工团队的第一个就业帮扶案例很简单，但背后的故事却很复杂。

说简单，是因为就业过程特别顺利：来自河北的冀大哥是名70后，因为工作不顺、信心受挫，2016年年初开始流浪露宿。鼎和社工团队第一次遇到他时，狼狈不堪的他表示想就业，但是找不到合适的工作。结合他包吃包住的诉求，鼎和社工团队现场给一家广告公司的总经理梦方打去电话，这家广告公司主要做展会布展工作。梦方说招人啊，他正在白云会议中心布展。于是，鼎和社工团队带着冀大哥赶过去，经过沟通交流，冀大哥马上上岗，开始工作。

说复杂，是因为冀大哥就业之后的"离奇"经历：就业两个月后，冀大哥攒了点钱，买了手机，注册了微信，不知道通过什么途径，他与一家打着培训幌子的公司建立了联系。在该培训公司的多方游说下，冀大哥不顾众人的苦苦劝阻而离职，开始参加各种各样的"能力建设培训"。当然，所有的培训都是要付费的，他很快花光所有积蓄，再次开始流浪露宿的生活，并慢慢与社工们失去联系，电话停机，微信也没有回应。

听完冀大哥的故事，我依然信心满满，举起酒杯说："王哥，放心吧，我不会那样的，我要攒更多的钱。这个工业园工厂多，工人也多，各种快餐店生意特别好，我将来准备自己开个快餐店，投资少，效益高。你看看，我们吃宵夜的这家小店，生意一直很火爆！"

"你已经做得很好了，别给自己太大压力。"王哥回敬了我一杯。按照鼎和社工团队自己制定的就业帮扶标准，连续就业一个月已算成功，而我已经就业三个多月，大大超出了最初的预期。

王哥讲，就业帮扶中，他们团队也会面临一种纠结：一方面，希望就业者连续就业的时间越长越好；另一方面，也会综合考量就业者与现有岗位是否精准匹配的问题。因为就业初期，求职者往往处于"饥不择食"的状态，有工作就马上上岗，可选择性太少，职业规划几乎为零。就业体验感和获得感，常常不得不被忽视。

临行前，他问我休息时都做些什么。我说每天工作很紧张，中间吃饭只有一个小时，有点累。休息的时候，我很少外出，偶尔会去原来露宿的地方，找过去的老朋友们聊聊天，喝喝酒。

似乎，我在怀念着什么？或许是曾经风餐露宿的老朋友们，或许是过往无拘无束的自由时光，也或许是那些渐行渐远的生活轨迹。

# 四、街头偶遇

2017 年 10 月，整整就业七个月后，我办理了离职手续。为什么离职？我也说不清楚原因。离职前，我感到极度纠结和彷徨，每天的工作使我疲惫不堪。工厂严格的管理，有别于我之前工作的小作坊，让我感到束手束脚，不自由。

更重要的一点，每个月我都会回原来的露宿地，看望老朋友，吃吃喝喝。

有一天喝酒很晚，我就凑合着睡在了街上。第二天一大早，我坐上地铁，匆匆赶回工厂。两个小时的乘车路程，鬼使神差地，一个固执的念头紧紧缠住我："何必这样奔波啊？无拘无束的流浪生活多好！"

我极力克制住马上离职的冲动，提前一个月把我要离职的想法跟我的主管讲了。主管没有说什么，这样的情况他见得多了，不会在乎。我不好意思给鼎和社工团队打电话，也没有跟工厂里的志愿者连峰联系，默默地办理离职，离开工厂。离职几个月之后，我花光了积蓄，又开始流浪漂泊。我的生活回到了原点。

又是几个月之后，2018 年盛夏，我长期露宿在北京路步行街。有一天，饥饿难忍的我到垃圾桶里找吃的。一通翻找，发现一盒吃了一小半的水果。我如获至宝，拿到临街店铺门口，借着店铺里透出来的冷气，津津有味地吃起来。

正吃着，我看到鼎和社工团队的几个社工走过来，我认识的袁社工、马社工也在，我赶忙转过头去，装作没看见。等他们走远后，我如释重负。

突然，有人重重地拍了拍我的肩膀。"谁啊？这么大劲儿。"我猛地回头，发现王哥正站在我身后。

我不好意思地笑了笑："王哥，你来啦，给我根烟抽。"他提议到我住的地方转转。

我带着他穿过繁华的步行街，来到一处隐蔽的屋檐下。我的行李和家当堆放在角落里。我的家当少，附近的环卫工都认识我，不会把东西收走。

他也没吃中饭，他到旁边的快餐店买了两份炒面。我找来一张报纸，掸了掸灰尘，铺在台阶上，我俩坐下来吃面。

我的指甲黑黑的。我能够清晰地闻到我身上浓重的汗味，这种汗味夹杂着许多莫名的味道。这样的气味我非常熟悉，这是长期露宿在外形成的独特气息。

我不敢与他直视，只是一个劲儿地低头吃饭。我的现状，与我一年前的意气风发，形成了鲜明的对比。恨铁不成钢，一瞬间，愧疚的心理和懊恼的情绪，涌上我的心头。

我担心他会对我发脾气。但他没说啥，什么也没问。我猜，他或许已经失去了探寻我翻天覆地变化的兴趣，吃完面，他走了。差不多一年的时间，他没有主动联系过我。

我时常陷入忐忑：要不要主动问候他？2019 年春节，我终于鼓起勇气给王哥发去祝福信息，之后，我和他恢复了频繁的联系。每个人都有自己的难言之隐，对于我连续就业七个月之后的遭遇，他没有问，我也没有提起。

　　我依然周而复始地处于流浪、工作、再流浪、再工作的状态。流浪者的来源复杂，成因多样。在中青年群体占据相当比例的背景下，仅仅依靠物资救助或协助返乡等方式，并不能从根本上解决问题和满足其多元化的需求。

　　或许，就业帮扶才能真正帮助我自食其力，回归社会。

# 五、回头是岸

　　2021 年 2 月 5 日，年二十四，南方小年。这是我最后一次进救助站的时间。之所以记得这么清晰，是因为四年前的这一天，2017 年 2 月 5 日，我从救助站出发，跟着鼎和社工团队到工厂面试，开始了我四年里最长的一次工作经历，整整七个月。

　　在救助站的几天里，我遇到很多老相识，也想了很多。有两件事情让我静下心来，再次审视我的生活状态。

　　第一件事情，是遇到我的老相识，强哥。强哥是西北人，50 多岁，左手残疾，未婚，长期流浪，以拾荒为生，就是捡废品卖，经常"跑站"。强哥跟我住在一个宿舍，我和他认识有四五年了。

　　强哥自嘲他有几个"不好"：脾气不好、态度不好、酒品不好。他的酒品我见识过，喝一两瓶啤酒就醉了，然后就吐了，再接着喝，再接着吐。在街上流浪的时候，我有点怕见到他。

　　那几天，强哥有点不对劲，不爱说话，总是拉住我，给我讲大道理："阿涛，你岁数小，就是个孩子，你好好找个工作，行不行？别一天天瞎混。"

我摸摸他的头，问他："强哥，你咋啦，是不是生病了？你原来还说流浪好呢，天地是我家，吃饭靠大家。"

他甩开我的手，眼睛瞪着我说："别打岔，跟你说正经的，不要让人瞧不起你，你有手有脚的，不要糟蹋自己。"他是不是看不起我？我准备跟他好好理论，他却出站了。听其他人说，强哥正在戒酒呢。

第二件事情，是我看到了一本故事汇编：《广州市流浪乞讨人员救助工作故事汇编》。有一天，闲着没事，我到救助站图书阅览室看书，看到这本汇编的封面，是救助站和社工协会、鼎和社工团队一起做的，还挺厚。

我拿起来翻了翻，竟然看到了我自己的照片，虽然是背影，但我还是一眼认出来。文章的题目叫《为迷茫的人生助力》，作者是鼎和团队的社工袁娟娟、王秋丽、马艳波。文章记录了我2017年那七个月的就业经历。

文章里有两张照片，一张是我和阿辰面试时的侧面照，我们两个人坐在帐篷里填写表格，背景是工厂宽敞高大的厂房。另外一张照片是我送阿辰进工厂报到的背影，我帮阿辰提着行李，我们两个人意气风发，脚步轻盈。照片里天空蔚蓝，风和日丽，我穿着衬衫，阿辰穿着羊毛衫。

文章的最后一段话让我沉思许久："年轻的流浪者常常因为就业不顺、生活不如意、家庭变故等原因走上流浪之路，露宿街头，无所事事，缺乏就业动力，安于现状，难以自拔。社会工作者需要开展持续性的跟进，通过耐心陪伴和细心开导，激发流浪者身上的潜能，促成其早日自强自立，自力更生。"

我在阅览室的登记表上签了字，把书拿回宿舍，一个字一个字地看，看了整整三天。离开救助站前夕，我把书送回阅览室，在"还书人"一栏，一笔一画地签上我的名字。

2021年2月15日，我离开救助站，步行穿过救助站熟悉的林荫小路，树枝翠绿，花香芬芳。救助站门岗的保安大哥笑着跟我挥挥手，我也笑着摆了摆手。

保安大哥的笑，我明白，应该是笑我"跑站"，年纪轻轻却经常以站为家。而我的笑，却是真正的告别，我在心里发誓：我要好好工作，再也不"跑站"了。

人只有自己救自己。想开了，一切都会好的。是啊，就像强哥说的那样，我有手有脚，有力气，又不傻，为什么要浑浑噩噩地混日子？

经过自己的努力，尽管风风雨雨、磕磕绊绊，但我不再"跑站"的愿望达成了，自此，我再没有去过救助站。2022年年初，我逐渐稳定下来，一直从事保安工作，租了房，还买了一辆电动自行车。

2024年年初，鼎和社工团队开展考取保安员上岗证的就业帮扶工作，通过链接社会资源，免费为符合报考条件的流浪者提供集中培训和报考机会。

在筹划这项工作时，鼎和社工团队再次联系我，问我要不要也参加。我说不用,我所在的保安公司正在组织统一报考,把这个机会留给其他更有需要的人吧。(以上根据阿涛口述访谈资料及广州市鼎和社会工作服务中心2016—2024年度服务档案整理,文中阿涛、阿辰、冀大哥、强哥为化名。)

2024年10月,鼎和社工团队和阿涛在让爱回家广州志愿服务总队队长刘富旺的宵夜店碰面。这是时隔三四年时间,鼎和社工团队和他从"网友"到现场欢聚的第一次"奔现"。

为了验证阿涛不再"跑站"的豪言壮语,在见面前,在救助站开展驻站服务的团队社工详细查询了他的进站记录。确实如他所言,自2021年2月起,他没有进过广东省内的任何一家救助站。是真的,阿涛没有忽悠人。

"好久不见,来,抽根烟。"他理着平头,语调平和,说话的语速依然很快。天气转凉,阿涛穿了一件白色的衬衫。

"下一步有什么打算?"社工问他。

"你看看我的眼睛,是不是有很多血丝啊?最近睡得挺少的,我现在上完夜班,下午还会送三四个小时的外卖。你看,门口那辆大马力的电动自行车是我刚换的,送货快些。"他指了指宵夜店门口的车子。

实话实说,在2018—2019年的一段时间里,鼎和社工团队对阿涛的表现非常失望。正所谓希望越大,才失望越大。但渐渐地,鼎和社工团队也开始自我反思,也许对于阿涛的期待过高,而他已尽了他的全力。慢慢地,鼎和社工团队又跟他恢复了紧密的联系。

　　自 2015 年起，鼎和社工团队的就业帮扶工作大致历经了四个阶段：一是个案管理服务阶段，一对一就业帮扶；二是小组服务阶段，开展就业帮扶小组活动；三是就业工作坊阶段，启动"一绣一彩创业工作坊"；四是流动学堂阶段，开展职业技能培训。

　　回望十年来流浪者群体的就业帮扶，鼎和社工团队遇到过多种多样的奇闻轶事，阿涛连续七个月的就业，依然保持着就业帮扶的最长时间记录。

　　谢谢阿涛，在鼎和社工团队开展就业帮扶工作的初始阶段，他用创纪录的七个月就业，给团队吃下"定心丸"，让团队更加坚定信念：流浪者，可以通过就业而自强自立。

　　祝福阿涛，从他过山车一般的反反复复，到周而复始的生活轨迹，再到终于停下漂泊的脚步而稳定工作，他的经历也让鼎和社工团队明白了一个道理：凡事不可能一蹴而就，需要坚持再坚持。

# 第五章
# 流浪母女仨返乡记

　　走出精神病院大门，我拿出手机，拍了张医院大门的照片。在路口等车时，我蹲在地上，哭得很厉害。三年了，三年没有见到妹妹，而这次见到妹妹后，我却以阿姐的身份，亲手将妹妹送进精神病院。

2018 年 6 月,《南方日报》的两篇新闻报道:《心酸!暴雨天,她只能带孩子住在水泥管道内,靠工人相助生活》《流浪的心终被暖透!8 天寻人,在广州寄居水泥管道的母女平安返乡》,记录了流浪母女仨,妈妈阿英和女儿小沙、小菊的遭遇,以及政府救助部门、多方社会力量和家人们对她们展开的联合救助,并护送她们安全抵达家乡的过程——

2018 年 6 月 22 日下午 5 点,由鼎和社工、家属、医生等组成的七人护送小组启程。"一路上,阿英情绪稳定,紧紧拉住姐姐的手,两个小女孩安静地依偎在家属的怀抱。"护送人员说,为了防止意外,在救助队的帮助下,他们租用了一辆专业救护车,专业医生随车陪同,全程密切留意母女仨的身体状况。

"由于阿英已经离家多年,老家年迈的父母非常想念阿英母女三人,多次打来电话,希望项目组社工能够尽快联合护送母女三人返乡。"鼎和社工项目组相关负责人说。

6 月 23 日凌晨 1 点 30 分,历经忐忑不安的六个多小时,从广州出发的救护车安全抵达广西。经过 11 天的持续救助,通过救助站、救助队、街道与居委、社工、志愿者的多方联动,以及家人的积极参与,日前流浪于广州、蜗居水泥管道的母女三人顺利回家。[1]

---

[1] 朱红鲜:《流浪的心终被暖透!8 天寻人,在广州寄居水泥管道的母女平安返乡》,《南方日报》,2018 年 6 月 26 日。

漂泊三年，流浪母女仨终于平安到家，回到亲人身边，曾经的颠沛流离、过往的牵肠挂肚，似乎告一段落。流浪母女仨的救助工作，尘埃落定。但不曾想到，这次护送返乡只是鼎和社工团队与流浪母女仨之间漫长故事的开始。

接下来的两年多时间里，母女仨的流浪生活形成了一个固定的循环往复状态：外出流浪，偶尔回老家住几天；再次外出流浪，再次偶尔回老家住几天。

反反复复之中，母女仨的身影如同被命运的齿轮吞噬，变得越来越模糊。似乎，所有人的热情和耐心即将被消耗殆尽。

# 一、流浪：蜗居在水泥管道内

我叫阿清，是阿英的姐姐。妹妹母女三人已经离家出走三年多了。第一次听到妹妹的消息时，像一场梦一样。

2018 年 6 月 14 日，临近中午，我正在广东中山一家电子厂的生产线上工作，突然接到一个广州的陌生手机号码来电，我没接。然后这个号码发来短信："您好，我是广州鼎和社工团队的社工，您妹妹阿英和两个小女孩流浪在广州。方便时，请速回电！"

妹妹？我都三年多没见过妹妹了。会不会遇到骗子？我打着上厕所的由头，跟班组长请假。走到楼梯口，我打过去电话。

电话那头，一位叫袁社工的女孩子跟我详细介绍了妹妹一家人的现状：妹妹带着两个女儿在广州流浪，救助站、救助队和社工、志愿者找到了她们，但妹妹却带着孩子火急火燎地跑了。随后，她加我微信，发来妹妹母女仨的照片和视频。

袁社工问我能不能去广州一起找妹妹一家人，并带三个人回老家好好安置。我当时正在上班，很难请假。于是我给在佛山打工的弟弟阿林打去电话，但他也无法马上请假过去。随后，袁社工组建了寻亲交流群。我答应她，一旦找到妹妹一家人，我和弟弟马上过去。

妹妹阿英出生于 1983 年。家中兄弟姐妹中，我排行老大，弟弟排行老二，她排行老三。妹妹经历坎坷，曾有过两次破裂的婚姻，生育有三个孩子，两个女儿年龄分别为 6 岁和 4 岁①，由阿英抚养，平时在广西老家跟我父母生活在一起。大儿子小海 12 岁②，现在广州，由她前夫阿荣抚养。

生活不顺，使她的精神状态出现问题，几年前，她被诊断为精神分裂症，我们家人曾将她送到精神病院治疗过一段时间，稍稍好转后出院。因父母年事已高，无法整天照看她，她带着两个女儿离家出走，三年多时间杳无音信。

收到袁社工的消息，我马上给老家的父母打去电话，妈妈非常着急，她想马上买票来广州。她没有出过远门，更没有到过广州。我劝她不要着急，不要来广州，在家里等消息。

"广州这边的社工，还有救助站和救助队的人，会帮助我们

---

① 两个女儿分别出生于 2012 年和 2014 年。
② 大儿子出生于 2006 年。

寻找阿英母女仨的。"我跟母亲说。

母亲问我："什么是社工？社工会不会是骗子？把你妹妹一家三口人给拐卖啦？"

是啊。什么是社工，社工是做什么的呢？我一头雾水，更被母亲的种种担心吓得汗流浃背。

我急忙给袁社工打去电话，直截了当地表达了我的担心与疑惑：社工是做什么的？她又是怎么联系上我的？

出乎意料，袁社工跟我讲起广西方言。原来，袁社工名叫袁娟娟，是广州鼎和社工团队的服务总监，她毕业于广东工业大学社会工作专业，2015 年从事流浪救助服务至今。她虽是广东湛江人，但在广西外婆家生活多年，对我们家乡的方言还算熟悉。她负责联系我们家乡的派出所，寻找并联系家属。

"刚刚没有时间跟您详细介绍我们团队，我们鼎和社工团队是在民政局登记注册的合法社会组织，自 2015 年起承接了广州市流浪乞讨人员社会工作介入服务项目。这个项目由广州市民政局购买，配置了八名全职社工，主要为广州中心城区街面流浪乞讨人员提供情绪疏导、情感抚慰、心理关爱和寻亲返乡等服务。这个项目也是我们鼎和社工团队流浪救助服务工作的开端。"为了打消我的疑虑，她发来关于他们团队的几篇媒体报道，并讲述了发现妹妹母女仨的过程。

"我们团队有一个习惯，经常留意查询有关流浪者群体的媒体报道，无论是广州的、广东的，还是全国各地的，都搜一搜。新闻媒体所关注的流浪者，必定是较为特殊的案例，这对我们开展流浪救助服务有着极大借鉴意义。"

2018 年 6 月 13 日晚，《南方日报》刊发了一篇关于母女仨流浪在广州的新闻报道，题目很震撼：《心酸！暴雨天，她只能带孩子住在水泥管道内，靠工人相助生活》。是的，报道里的主人公，就是我妹妹和她的两个女儿。

## 二、寻人："你们赶快走吧"

6 月 14 日上午 8 点，鼎和社工团队组织志愿者到达新闻报道里描述的地点，跟天河区流动救助服务队和辖区街道办事处的工作人员会合，共计 40 多人，开始拉网式现场寻找。

妹妹一家流浪露宿的地方位于一处铺设河涌管道的大型工地，方圆几十公里内，直径约两米的水泥管道密密麻麻地摆放，布满整个工地，稍远的外围连接着众多的居民社区，搜寻范围较大。

即使有工地施工人员指引，整整一个上午，依然寻找未果。与此同时，还有几家看到《南方日报》新闻报道的媒体记者也赶到了现场。

寻人陷入僵局。怎么办呢？中午时分，鼎和社工团队王总干事与天河区流动救助服务队队长曾坚商议，这样找不是办法，大海捞针一样。曾队长给天河区民政局领导汇报了寻人情况，天河区民政局协调公安部门调取附近区域的视频监控，找寻妹妹一家人的踪迹。

王总干事还给广州市南沙区民政局副局长印锐打去求助电话。印锐副局长长期负责过广州市民政局新闻宣传中心工作，与各大媒体记者交往密切。王总干事向他说明了寻找流浪母女仨未果的事情，希望他能联系上报道此事的朱记者，再次核实确切地点。

印锐副局长回复说没问题，他应该有朱记者的微信，他去沟通。很快，朱记者亲自赶到现场。朱记者是《南方日报》突发新闻部记者，因工地老板电话爆料，他此前曾到场采访并报道了此事。采访当天，因不了解流浪救助流程，他无法给妹妹一家人更妥善的救助指引。在他的带领下，参加寻人的团队找了几处此前被忽略的小山坡，终于找到妹妹一家人。

此时，我妹妹正带着两个女儿坐在小山坡的树下乘凉。她坐在一张报纸上，两个小女孩半蹲在她身边，她拿着一本破旧的漫画书，在给孩子们讲故事。母女三个人蓬头垢面，穿着三种不同颜色的拖鞋。

面对突然出现的人群，妹妹表现得非常谨慎和排斥，不交流，不吭声，她紧紧拉住两个孩子的手，准备离开。按照以往的救助经验，众人远远走开，让两位年龄稍大点的马大姐，天河区流动救助服务队的马玉兰、鼎和社工团队的马艳波，留下来跟我妹妹沟通，了解情况。

两位马大姐拿出食品和布偶玩具，一个人跟妹妹聊天，一个人陪着两个孩子玩。对于递过来的食品，我妹妹很警惕，不允许孩子去碰。对于布偶玩具，她从孩子手里抢过来，用手颠了颠，说："太小了，太轻了！"又给回女儿。

对于自己的情况，妹妹不愿交流，只是不耐烦地说："你们是干什么的？你们是工地的人吗？你们不懂，你们赶快走吧！"她用力挥挥手。

现场沟通没有进展。这时，朱记者有事要离开，王总干事送他上车的时候，又问他采访的时候还有没有什么细节？朱记者找到妹妹的身份证照片，这是他采访当天拍下的。

情理之中，接到袁社工的电话时，我们广西老家的派出所民警不相信寻亲之类的解释，以为遇到骗子套取个人信息，强调必须发送正式公函才能帮助查找家人的联系方式。

但事情紧急，我妹妹随时可能离开，发送公函已经来不及。经过反复沟通，社工给民警发送现场照片和视频，派出所民警同意跟我妹妹电话聊几句，确认身份后才能告诉家人联系电话。

通过手机外放，我妹妹跟我们家乡的派出所民警简单沟通几句后，便不再说话。确认我妹妹确实在广州后，派出所民警提供了我和弟弟阿林的联系方式。

接到派出所电话后，我妹妹警觉起来，不顾劝阻，带着两个孩子消失在车流之中。因为担心母女三个人的安全，大家只能放弃追赶。

联系上我们家属后，鼎和社工团队立刻组建了救助寻亲群，把政府救助部门工作人员、社工、志愿者和家属拉到群内，马上安排下一步的寻找工作。

能看出来，广州市民政局、天河区民政局、白云区民政局对此事非常重视，把我妹妹一家人的信息发给了全市各街面救助队、镇街民政办和社区居委会。鼎和社工团队组织社工、志愿者，分批次、分区域寻找，每天还会安排一组队伍，到我妹妹原来的露宿地点排查，并在三人露宿过的水泥管道里留下衣物和食品，但这些东西从未被动过。由此，他们判断我妹妹三个人没有回过原来的地方。

伴随着袁社工的一次次讲述，我的泪水也一次次流下来，止都止不住。妹妹命运多舛，历经坎坷，这种流浪漂泊的苦难遭遇，我从未想象过，也不敢去想。反而，是一些素不相识的人，给予了妹妹母女仨无微不至的关怀。作为姐姐，我感到惭愧和内疚。

我联系上妹妹的两任前夫，问询妹妹三个人有没有过去，但都没有得到肯定的答复。

妹妹母女仨是不是已经离开了广州？或者遇到了危险？所有人都不禁担心起来。

# 三、救助：我把妹妹送进精神病院

几天之后，6 月 21 日，在南方医院大院内，鼎和社工团队终于找到妹妹母女三人。袁社工联系了我和弟弟，我们马上从中山和佛山动身，赶往广州。

吸取上次失联的教训，鼎和社工团队和白云区救助队、京溪街道民政办工作人员在医院外面守候。只派了两名女社工脱下马甲，坐在医院大院里，远远地看着妹妹三人，不让她们离开视线，也不有意跟她们交流。

21日晚8点，我和弟弟赶到现场。妹妹母女仨当时正坐在医院急诊室大厅里吹空调。6月的广州，炎热、潮湿。

没来得及商量细节，我直奔妹妹而去。我蹲下身，双手捧住妹妹的脸，急切地问她："你坐阿窿做乜嘢？（你坐在那里做什么？）"

出乎意料的是，妹妹笑了笑，没有说话。她看了看周围的人群，好像一个做错事情的孩子，低下头，拉了拉T恤，搓着黑乎乎的手掌。

"做西？我豆是有想跟佢讲话！（做什么？我就是不想跟他讲话！）"本来还低眉顺眼的妹妹，突然看见站在人群里的哥哥阿林，咆哮着站起来，准备拉着两个女儿离开。

因为妹妹的病情，老家十里八乡的人都知道阿林有个"疯疯癫癫"的妹妹，阿林还一直没能成家。之前两个人吵过几次架，阿英对此耿耿于怀。

所有人围上去，劝住阿英，紧紧拉住她，不让她走开。鼎和社工团队的袁娟娟、王秋丽、钟嘉怡帮助弟弟阿林把两个孩子抱到护士值班室。两个孩子第一次见到她们的舅舅，也第一次见到这么多社工姐姐，一直在哭。经过慢慢安抚，两个孩子的情绪稳定下来。

暂时安顿好两个孩子后，王总干事把我和弟弟叫到急诊室大厅的角落，跟白云区救助队队长邱欣皞、京溪街道民政办李伟权和南方医院保卫科负责人一起商议下一步的计划。

因为在南方医院附近驻点，鼎和社工团队跟南方医院联系较多，南方医院特别支持这次救助工作。即使急诊室应急工作繁重，医院依然派了医生、护士和保安过来帮忙。

经过紧急磋商，我和弟弟同意大家提出的救助方案：一是将妹妹送到专业的精神病院诊治，由我陪同并代表家属签字，王总干事负责联系精神病院并去现场协助；二是将两个孩子送到救助站，由弟弟陪同并代表监护人签字，白云区救助队负责护送入站和办理手续，再派两名女社工在救助站内陪伴两个孩子。

为将妹妹尽快送到精神病院，王总干事联系精神病院的何院长。之前因为救助流浪精神病人，他跟何院长有过长期的工作交集。何院长马上派来救护车，大家将妹妹拉上车。

为防止妹妹情绪失控，精神病院医护人员用布带反绑住她的双手。我和王总干事一起坐上救护车，坐到她两侧，防止出现意外。

去精神病院的路上，她稍稍安静了一点。她一直看着王总干事，突然问了他一句匪夷所思的话："你是不是那个报社的记者?"她把他当成了朱记者。

办理好妹妹的住院手续，已是凌晨时分。之所以收治时间过长，一方面是妹妹不配合，她一直哭着求我："阿姐，你让我回家吧，我不住医院。"在被带进病房前，妹妹朝着我大喊起来："你等着，我出去了，拿菜刀去找你算账，你等着吧!"

另一方面是我不太识字，只会签自己的名字。在签订《病人住院治疗知情书》前，医生需要跟我逐字逐句解释共计 11 条的内容。我听完之后，给远在老家的阿妈打去电话，才在患者、监护人（临时）签名处签上自己的名字。经过医生提醒和示范，与患者关系一栏里，我补上一个字：姐。

走出精神病院大门，我拿出手机，拍了张医院大门的照片。在路口等车时，我蹲在地上，哭得很厉害。三年了，三年没有见到妹妹，而这次见到妹妹后，我却以阿姐的身份，亲手将妹妹送进精神病院。

如此姐妹重逢的时空转换，让我一下子难以接受。

来不及悲伤与难过，我又赶到广州市救助管理站市区分站陪伴两个孩子。鼎和社工团队的袁娟娟、钟嘉怡、王秋丽还在救助站里陪着孩子玩。冲过凉、换过衣服后，两个孩子恢复天真的本性，蹦蹦跳跳，不肯睡觉。

两个幼小的孩子并不知道她们的妈妈去了哪里，更不知道接下来的生活会怎样。两个孩子不关心自己的妈妈，不关心自己身处何地，只关心手中的玩具。

两个孩子还没有清晰的意识和认知，她们被困在妈妈所带来的流浪生活轨迹里，无奈地随波逐流。如同汪洋大海里无法靠岸的一叶扁舟，起起伏伏，时隐时现。

# 四、归途：准备好尼龙扎带

第二天，22 日中午，精神病院医生给我打来电话说妹妹的检查结果出来了，确诊为间歇性精神疾病，情绪时好时坏。但她身体出现不适，她非常想念孩子，强烈要求回家。

精神病院建议我把妹妹接回老家妥善安置，用亲情抚慰她躁动的情绪。与此同时，阿爸、阿妈从老家打来电话，催促我们尽快送妹妹母女三人回去。我联系王总干事，我们两个人赶到医院，与主治医生沟通协商，讨论返乡方案。我也希望能够得到社工帮助，派人一起护送妹妹一家人返乡。

这时摆在我面前的只有一条路：护送返乡。医生建议租救护车返乡，但租车费用成了难题，我和弟弟打工收入微薄。王总干事紧急联系社会爱心资源，筹集到1900元，弟弟拿出1900元，我们用3800元租了一辆救护车，并安排了一名医生和一名护士跟车。担心路上突发意外，王总干事决定一起去护送，好相互有个照应。

救护车先到救助站接上弟弟和两个孩子，再到医院接上妹妹。我们一行人先去吃晚饭，做好打持久战的准备。社工、医生、护士、司机也好跟妹妹先熟悉一下。吃饭过程中，妹妹精神状态很好，不时给两个女儿夹菜。在精神病院度过的一个晚上，让她平静了一些。

当晚7点，我们准时出发。一路上，妹妹的情绪还好。只是在服务区停留的间隙，看到弟弟阿林，她又一次开始破口大骂。

担心她情绪失控，医生征求我的意见，问是否需要用尼龙扎带把妹妹双手绑住，我说先不用。还好，只一会儿，她就恢复了平静。

这次长途，专职司机只有一个人，护士是半个司机，可以在需要时帮助开一段路。在服务区休息时，我围着救护车转了几圈，用脚把四个轮胎踹了又踹。司机说你们放心吧，车况没问题，安全问题绝对不能开玩笑的，一车人呢。

23日凌晨1点半，救护车顺利到达老家。阿爸、阿妈、阿叔和村支书都等在村口。妹妹母女三人一直坐在车上。关于妹妹母女三人的安置问题，家人们商量了很久，仍没能达成一致意见。王总干事听不懂我们家乡的方言，只能等在旁边。我担心他急着返回广州，过去跟他解释了几次。他说不急，你们一家人慢慢商量。

微风习习，宁静的乡村漆黑一片，只有不远处的一个院子里闪着微弱的灯光，那就是我的老家。救护车刺眼的灯光与熟睡中的乡村显得格格不入。

两个孩子趴在车窗前，好奇地打量着外面的人们。阿妈声音很大，挥舞着手臂，表达着她的意见。阿妈是一家之主，她招手叫两个孩子下来。妹妹家的小女儿小菊一动没动。大女儿小沙走了下来，依偎在外婆身边，她应该对外婆还有些许印象。随后，妹妹和小菊也陆续下车。

在家人们的紧紧簇拥下，妹妹母女三人慢慢往黑暗里的灯火处走去。生活真的就是万花筒啊，有人沉浸在甜蜜的梦乡，有人刚刚回到久违的家乡。

6月23日凌晨1点53分，我看到王总干事在护送返程路上发了一条微信朋友圈："平安。顺利。返程。"并附上了三张护送妹妹一家返乡的照片。

他告诉我，媒体舆情报道通常有个规律，有前因就要力争有后果，需要有个最终的"结案"。对于如何回应媒体记者，他征询我的意见，我说这方面我不懂，他决定就好。

经过各方商议，我们决定"结案"不以新闻统稿形式出现，而是由鼎和社工团队在公众号上刊发一篇文章。如媒体记者有需要，以公众号文章作为统一回应。

6月26日，鼎和社工团队公众号发布救助故事《送爱回家：水泥管里蜗居的流浪三母女顺利返乡！》。文章的前言部分，王总干事写下一段话："幸福的家庭是相似的，不幸的家庭各有各的不幸。而所幸，岁月无情，人间有爱。凭借着家人们执着的不离不弃，依托着多元化的政府救助网络。流浪母女仨顺利返回家乡，回归家庭。"①

当晚，《南方日报》的朱记者发布跟踪报道：《流浪的心终被暖透！8天寻人，在广州寄居水泥管道的母女平安返乡》。报道的核心内容参考了鼎和社工团队的公众号文章。

# 五、反复：再次陪护妹妹回家

然而，仅仅过了一个月，所有人平静的生活再次被妹妹母女仨打破：7月底，妹妹母女仨再次流浪到广州，社区居委会的工作人员发现她们出现在上次露宿的地点。

---

① 广州市鼎和社会工作服务中心微信公众号，2018年6月26日。

这次，妹妹非常配合，被接到社区居委会后，她安安静静地坐着，安安静静地吃饭。天河区救助队将妹妹三人送到救助站，办理好入站手续。接到天河区救助队和鼎和社工团队的电话后，我和弟弟再次来到广州。

面对家人苦口婆心的劝说，妹妹没有激动，却提出一个新要求：她一定要见她的大儿子小海，不见到人就不回家。小海当时12岁，跟随妹妹的前夫阿荣生活在广州。

至于妹妹每次流浪到广州是不是因为要找她的儿子小海，我们不得而知。我给阿荣打去电话，正值暑期，他同意和小海一起到救助站，但前提条件是不能把小海带回广西。原因很清楚：疯疯癫癫的妹妹没有能力照顾小海。我答应了他的要求。

在救助站里，妹妹见到了几年未见的儿子。由于到广西的火车车次太少，考虑到我们一家人的实际情况，救助站马上跟客运站沟通，着手安排我们的返乡大巴车票。

等待的过程中，我们家属商量了两个孩子的上学问题，阿荣答应每个月可以给2000元，供养两个孩子读书，我们几个人签订了相关协议。

可妹妹又提出了一个新要求：她要把儿子小海带回老家，安排小海在老家上学。经过反复协商，妹妹的前夫阿荣同意让小海回广西，但他要跟着一起回去，待几天。如果小海在老家不适应，他再把小海带回广州。

对于这个结果，我有点猝不及防。小海连一件衣服都没有拿，更何况书包、课本，这些东西都还在他广州的家里。

我看到小海沉默地低着头，舅舅放到他面前的盒饭，他没有去碰。他索性趴在桌子上，瘦小的肩膀不断抖动。小海在哭。

妹妹怎么照顾她的儿子呢？会不会也带上儿子一起流浪？甚至，我开始懊恼起来，为什么要把小海接过来？

这种情绪困扰了我好几天。直到8月初，小海在老家找好了学校，各方面都还顺利。我的自责和担忧才烟消云散。

然而，半个月后，8月中旬，妹妹母女仨又一次离家出走。妹妹带着两个女儿再次失联，不知所踪。这一次，鼎和社工团队发动了更多的人去寻找，却始终没有发现妹妹母女仨的身影出现在广州。

2018年8月至2020年8月，两年时间里，妹妹母女仨的生活形成了一个固定的循环状态：外出流浪，偶尔回老家住几天；再次外出流浪，再次偶尔回老家住几天。

至于去了哪里？小孩子说不清楚，妹妹也是含糊其辞。对于妹妹的现状，我们一家人提心吊胆，备受煎熬，也进行了无数次的讨论：怎么办？如何照顾好妹妹母女仨？

第一种方案是把妹妹送到精神病院再次住院治疗。但年迈的阿爸和阿妈舍不得，我们一家人也十分担心和害怕。因为之前送妹妹到精神病院治疗过，从精神病院出来后，她不按时吃药，还把家里砸了个稀巴烂，甚至拿着明晃晃的菜刀威胁阿爸和阿妈，并扬言："谁再把我送进精神病院，我就砍谁!"

第二种方案是雇人专职照顾妹妹。可左邻右舍都知道妹妹的病情，没有人愿意接这个活儿。我联系了老家县城的几家家政公司，家政公司一听到我妹妹的状况，直接告诉我："出多少钱都没人敢来啊！你们自己想办法吧。"

# 六、挂念："点兀样？"

实话实说，那两年里，我最害怕接到阿妈的电话。每次电话里，阿妈的第一句话总是一模一样的："点兀样？（怎么样？）"

妹妹母女仨每离家出走一次，阿妈就会反反复复打我电话。在阿妈朴素的观念里，作为阿姐的我无所不能，在此之前，我曾一次又一次地把妹妹母女仨顺利送回老家。

阿爸、阿妈的年龄越来越大，身体也越来越差。我们一家人对于妹妹母女仨的挂念，像一根刺一样，深深地扎在我们的心里，只要稍稍想起来她们流浪在外的样子，我们立刻就会感到浑身难受，钻心样的疼痛。

2020 年春节，因为疫情影响，我没有回广西老家，而是留在中山工厂休假。之前有人说妹妹在广州火车站出现过，于是我一个人去广州找妹妹母女仨。我不忍心打扰救助站、救助队和社工、志愿者，决定自己一个人去找。

从早晨找到晚上，人海茫茫，我根本找不到妹妹母女三人，也可能，她们根本不在广州。

我不甘心，坐在火车站地下通道里打盹儿，准备第二天继续找。蒙眬中，一罐湿乎乎的啤酒砸到我身上。

我睁开眼睛，看到不远处有两个流浪露宿的男人正在喝酒，他们向我招手："靓女，过来喝酒啊。"

我一下子睡意全无，不敢搭话，也不敢快跑，只能慢慢走到地面广场上。紧接着，我找了一个又一个人多的地方，紧紧盯着所能看到的每一个人，期待能找到妹妹母女三人。

疲惫之中，我几乎产生了一种心理感应：这次，我一定能找到妹妹，她们母女三人就在广场上。如果找到了，不管多晚，我都要给阿妈打电话。

"点兀样？"阿妈接到电话的第一句，肯定会这么问我。

然而，整整三天过去了。我的心理感应并没有成为现实。阿妈的电话却是真的来了："点兀样？"

一瞬间，我没有控制住自己，哭了出来。我告诉阿妈，我正在找妹妹母女三人，可我找不到她们啊。我声嘶力竭地告诉阿妈，我这个阿姐真的太没用了！

"哭西？（哭什么？）"

"喊西？（喊什么？）"

阿妈不停地安慰我，让我先回中山工厂歇歇。三天里，我没有好好睡过，也没有去宾馆住过。我已经可以闻到自己身上臭烘烘的味道，跟原来妹妹身上的味道差不多。

我没有听阿妈的话，而是来到妹妹第一次流浪的地方——河涌、小树林、施工工地和附近社区，但都没有发现妹妹母女三人的踪影。我又去到南方医院，在医院大院、急诊室和住院大楼转来转去，还是没有看到妹妹的身影。

"点兀样？"

"哭西？"

"喊西？"

之后的几天时间里，阿妈每天都打来电话，每次都劝我回去。我不想回去。我不敢回去。我觉得我的心理感应马上就会实现。

不知不觉，六天过去了。第七天，春节假期的最后一天，弟弟阿林和他的爱人小静赶到广州。弟弟已经结婚了。阿林和小静把我拽上出租车，送我回中山工厂。

出租车驶出广州地界时，我几乎有了跳车的冲动，我觉得我不能走，我觉得马上就能找到妹妹母女三人。弟媳小静紧紧抓住我的手，力大无穷，让我无处可逃。就像那次送妹妹去精神病院的车上，我紧紧抓住妹妹的手一样，用尽了浑身的力气。

一路上，我一直在想，如果找到了妹妹母女三人，阿妈肯定会哭的，也会大喊大叫的。

而刚好反过来，找到了妹妹母女仨，我才会有底气去安慰阿妈："哭西？喊西？"

# 七、返乡：照顾妹妹一家人

与此同时，鼎和社工团队不断联系我，商议如何能够更好地帮助妹妹一家。说实话，我之前对流浪救助工作一窍不通，对于救助站、救助队和社工、志愿者的工作也一无所知。

通过长期接触，我慢慢了解到救助服务领域的一些常识：政府救助力量是主体，负责兜底线，织密网，保民生；而社会力量则作为补充，发挥着丰富、完善与创新的柔性作用。

经过鼎和社工团队长期的知识普及，我亲身感受到，广州的政府救助力量和社会力量长期关注妹妹母女仨，这令我非常感动。感动之余，我也一直在想一个问题：作为阿姐，我能为妹妹一家人做些什么呢？

我也慢慢了解到，按照传统的救助服务模式，即使流浪者生活困难，鼎和社工团队也没有能力直接给予资金支持。因为他们团队的项目资金来源于政府购买服务，主要用于专职社工的薪酬待遇、能力建设和项目运营管理，没有流浪者生活支持部分的预算。

我也了解到，为解决这个难题，2020年年初，鼎和社工团队在广州市慈善会成立了关怀流浪者专项基金[①]，整合社会资源，筹集社会资金，用于特殊群体返乡之后的源头治理工作，尽力让流浪者回得去、待得住、过得好，避免反复流浪、反复救助。

妹妹母女仨的现状和面临的困境，正是鼎和社工团队专项基金所要帮扶的服务重点。专项基金启动后，袁社工多次联系我，劝我放弃在中山的打工生活，回到老家专职照顾妹妹一家人的生活，妹妹的两个女儿也已经到了上学的阶段。而鼎和社工团队专

---

① 广州市慈善会街友关怀专项基金，由广州市慈善会与广州市鼎和社会工作服务中心联合发起，用于高龄长者、流浪精神病人、女性、携带未成年人流浪等特殊群体的救助帮扶工作。

项基金可以全力提供支持，缓解我们大家庭的生活压力。

我一直在中山打工，因为读书少，基本不识字，工作岗位都是最基础的，我的打工收入始终一般般。

那段时间，妹妹母女仨回老家的次数渐渐多起来。2020年8月，我决定返回广西老家，照顾妹妹一家人的生活，同时也能照顾年迈的父母。妹妹逐渐能够定时吃药，两个女儿也走进了校园。妹妹母女仨的生活，终于回归正常。

鼎和社工团队兑现了承诺，陆续资助妹妹一家现金13500元和各类生活物资。以2021年7月为例，团队资助的生活物资包括：医用外科口罩50个、T恤6件、毛毯4条、书包3个、长裤2条、雨伞2把、饼干1箱、母婴包1个。

鼎和社工团队专项基金的资助款是直接划拨到我的银行卡账户的。由于我不用手机银行及银行卡短信提示服务，第一次汇款之后，袁社工转给我划账底单，但我一直不确定有没有收到资助款。第一次收到所谓的捐款，我有些半信半疑。

袁社工叫我带上银行卡，到镇上或县城的银行去查查。查过之后，我确信收到了资助款，这是真的。

2024年2月，鼎和社工团队再次电话回访我：妹妹家的大儿子小海在读初三，大女儿小沙在读小学四年级，小女儿小菊在读三年级。三个孩子平时都是走读，中午在学校吃饭，成绩还好。妹妹阿英的精神状态好转很多，可以做些力所能及的家务，给家人打打下手。

我给鼎和社工团队发去一段视频，视频中妹妹正在院子里洗衣服，三个孩子在妹妹身边玩耍。真好，孩子们都长高了。无需豪言壮语，无需顶天立地，正是这些默默的关爱，让我对于返乡照顾妹妹一家人无怨无悔。（以上根据阿清口述访谈资料及广州市鼎和社会工作服务中心 2018—2024 年度相关服务档案整理，文中阿清、阿英、阿林、小菊、小沙、小静为化名。）

转眼间，鼎和社工团队与流浪母女仨及其家人已经相伴走过了六年时间。

这六年里，母女仨的遭遇时时刻刻牵动着鼎和社工团队的心。母女仨家人的不离不弃，也深深感动着鼎和社工团队。

母女仨的反复救助，促使鼎和社工团队进一步意识到：返乡之后的源头治理工作，尤其是生活照顾方面的资金支持，势在必行。2020 年初，鼎和社工团队成立了专项基金，为返乡之后的流浪者及其家庭提供一定的生活保障。

而姐姐阿清，正是在专项基金的支持下，更是在家庭亲情的召唤下，毅然返乡，承担起照顾妹妹阿英一家人的责任。

然而，一个人的力量是有限的，鼎和社工团队专项基金的力量也是有限的。2024 年 3 月，鼎和社工团队专程联系了广东省社会组织总会，寻求广东省广西 R 县商会的帮助，推动商会里的乡贤们伸出援手，进一步帮助母女三人的家庭。

广东省社会组织总会黎莹舒部长多方联络，广东省广西 R 县商会积极行动，仅用一周时间就为母女三人的家庭募集到善款 28 000 元。

鼎和社工团队把这个好消息告诉姐姐阿清。阿清表示感谢，并欢迎商会去家访。在黎莹舒部长的牵线搭桥下，商会黄秘书长与阿清建立了联系，筹备到广西实地探望，并提供长期的资金支持和心理关爱。

2024年5月，商会黄秘书长一行从广州出发，抵达广西，到母女三人的家入户探访，送上慰问金，并承诺将按月进行资金资助。资助款依然划拨到姐姐阿清的账户。

接待完黄秘书长的家访后，姐姐阿清给鼎和社工团队发来几段长长的语音。她朴实无华的言语中，洋溢着情不自禁的喜悦。

毋庸置疑，作为大姐，阿清为自己的大家庭做出了极大的奉献，乃至牺牲。正是有了她的返乡陪护，妹妹母女三人才最终停下了流浪的脚步，回归家庭的港湾。

在每个人的成长历程之中，能拥有一位大姐无疑是幸福的。每一个家庭里的大姐，都为各自的大家庭倾注了自己力所能及的关怀和爱。只是很多时候，身处其中的人没能有所察觉，或者认为这是理所应当的。

正是在姐姐阿清常年如一日的艰辛付出之下，在政府部门和社会各界的关怀之下，这个坚强的家庭迎来了更好的转机。母女三人的生活，必将走向更加美好的明天。

期待着，两个历经风风雨雨的小女孩——小沙和小菊，在长大成人之后的某一天，能够勇敢地回望成长历程中的点点滴滴。

她们，能够去尝试理解妈妈的无意识流浪，以及流浪途中，妈妈的下意识呵护。

她们，能够看到长辈们的默默付出，以及有限能力之内的倾尽全力。

她们，也能够感受到那些陌生人的关爱，在所有亲历者生命旅程之中，温暖的相遇。

# 第六章
# 妹妹的 50 天陪伴

　　我和姐姐并排躺在她的"床"上。与海鲜的味道相比，姐姐衣服上散发的味道一点也不少，但却让我心里特别踏实。我紧紧拉住姐姐的手。我不再追问她的过往，那些过往不再重要，重要的是姐姐就在我身边。

经过 33 小时的奔波，2024 年 2 月 19 日 13 点 18 分，慧慧和她的姐姐终于从广州返回云南的家乡。

"到家了，家人们，我和姐姐到家了，谢谢各位家人这段时间的关心和帮助。"

"谢谢救助站工作人员，谢谢权哥，谢谢刘队，谢谢所有默默付出的社工及社会爱心人士！愿每位好心人身体康健，平安顺遂，愿我们祖国繁荣昌盛，国泰民安，盛世万代！"

姐姐漂泊在外 11 年，如今终于回到家乡，慧慧的欣喜不言而喻。她在寻亲交流群里发来照片，表达着激动的心情。照片中，极具民族风情的村居掩映在蔚蓝的天空下，家人们拉着她的姐姐围坐在床边，唠着家常。

女性流浪者是流浪人员中的特殊群体，她们常常因为家庭矛盾、工作变故、个人遭遇、情感受挫等原因，导致流浪漂泊在外，面临着各种各样的风险隐患，是政府救助部门和各方社会力量关注和关怀的重点。

慧慧的姐姐放下了对流浪的执念和沉重的心结，回归家庭。而这一切的背后，最辛苦的是慧慧，在广州，她陪伴了姐姐整整50 天。50 天的形影不离，50 天的姐妹情深，终于等来姐姐的那句话："妹妹，我们回家吧！"

# 一、"整整 11 年，姐姐没联系过我们"

我叫慧慧。2023 年的最后一天，12 月 31 日，上午 8 点 24

分，我和爸爸、侄子踏上 G2938 次列车，从昆明赶往广州。

我们三人此次匆忙的行程，是为了接回在广州流浪的姐姐。7 小时 44 分钟的车程里，爸爸和侄子一直在睡觉。我却没有困意，一直在寻亲交流群里与广州的社工和志愿者们聊天，我告诉他们："整整 11 年，姐姐没联系过我们。"

1981 年出生的姐姐，是家里兄弟姐妹中学历最高的人，她中专毕业后，在老家的企业工作过几年。然而，伴随着企业效益日渐下滑，她决定要出去闯荡一番，于 2008 年来到广州打工，一开始，我们还保持着正常的联系。

2011 年，我也来到广州打工，跟姐姐住在一起。因为不适应广州气候，2013 年，我返回云南老家。而姐姐却从此没有回过老家，也不再给家人打电话。姐姐像断线的风筝一样，与家里人彻底失去联系。2016 年、2017 年，我曾经到广州找过姐姐几次，但都没能找到。

当天下午 3 点，鼎和社工团队负责人王总干事和社工展鹏、成煜早早地来到广州南站一楼大厅 28 号出站口，等待接站。他在寻亲群里发了照片，告诉我他们的具体位置，以及他们穿着绿色的马甲。我自拍了一张我们三个人的照片，发到群里。

"接到人了，我们现在从南站出发，导航显示要一个小时左右。"接到我们之后，王总干事在寻亲群里发信息通知大家。我们一行人坐上了让爱回家志愿者、出租车司机邓师傅的车，邓师傅在外专门等候了两个多小时。邓师傅是让爱回家广州志愿服务总队的资深志愿者，经常参加流浪者救助和寻亲活动。邓师傅没有打表，坚持要免费送我们过去。

此刻，距离广州南站 60 多公里外的一处农贸批发市场里，广州市救助管理站救助小分队的队长胡静和让爱回家广州志愿服务总队队长刘富旺带领着 20 多人聚集于此。农贸批发市场角落里，一间废弃的档口，卷闸门紧闭，我的姐姐正在里面睡觉。她流浪在此已有近两年时间。

聊天过程中，我爸爸特别焦急，不时地用家乡话问我："哪石哇？（哪里呢？）"

我安慰爸爸："冒急（别急）啊，还早呢。"

爸爸喃喃自语着："之边阿边，昏跑，众整？（这边那边，到处跑，怎么办？）"

我继续安慰爸爸："罢只点尼说。（别这样说。）"

"么，纵会？（怎么会这样？）"爸爸显得比我还紧张，有些不知所措。

"放心吧，人还在，不会走的，那边有人在看着的。"王总干事看到我爸爸如此不安，为缓解我们的焦虑，他便转移话题，不再谈起姐姐的事情，而是聊起他在云南的支教经历。

2007 年，他在云南临沧市耿马傣族佤族自治县勐撒镇丙令村完小支教近一年。丙令村完小地处边疆山区，距离昆明 550 千米，距离临沧市区 98 千米，距离中缅边境 36 千米，距离耿马县城 18 千米，距离勐撒镇 5 千米。那时，从昆明和临沧过来只有一条蜿蜒曲折的公路，还需要通过一处武警边防边检站，需要对乘客逐一排查，核实身份后，才能放行。

对于饮食习惯、蚊虫叮咬、方言不通、手机信号弱等困难，他很快就克服了。唯一不适应的，就是那里频繁而清晰的震感，几乎每天都会经历不同程度的震感：椅子在晃，茶杯在动，脑袋在晕。

他自己制作了一个地震"预警装置"：在宿舍桌子边缘斜放一个足球，足球下面放着瓶瓶罐罐。有天早晨醒来，他看到足球躺在地上，但他睡得较沉，半夜里没有听到瓶瓶罐罐的响声。吃早饭时，他问住校的同学们昨晚是不是地震了，同学们说是发生了地震，房子有些轻微晃动，还有同学从宿舍里跑出来，但只晃动几次就平静了，所以没有过来叫醒他。

对于耿马支教的话题，我爸爸特别感兴趣。我爸爸在耿马县工作过很长一段时间，为当地的普洱茶树种植大户摘过茶叶，按天计算工时。

"我在耿马也做过烟叶收割、烘晒和初加工的工作。"因为塞车，我爸爸一谈到烟叶，司机邓师傅就摇下车窗想抽烟了。爸爸拿出红河烟，爸爸、邓师傅和王总干事这三个老烟民边抽烟边谈论红河烟的辉煌历史。红河烟，就产自我的家乡云南。

## 二、"你们是不是不要我了？"

一个多小时后，我们来到了农贸批发市场。这是一处位于广州城郊接合部的大型农贸市场，蔬菜、水果、干料、生鲜，应有尽有，车流密集，人员众多。穿过一排排档口，我们与在此等候多时的大部队会合。

顺着人们手指的方向，我看到姐姐住的档口，我和爸爸、侄子几乎是小跑着来到了紧闭的卷闸门前。拉开卷闸门，我们才发现档口很大，是由三个小档口打通的，里面密密麻麻地摆放着一排排的海鲜泡沫箱。

我姐姐睡在档口的最里侧，身下的"床"是由一米左右高的泡沫箱和几块零散的木板拼凑而成的，床单黑乎乎的，已经看不出原来的颜色。这时，姐姐侧着身子，戴着帽子，裹着羽绒服，还在睡觉，并没有听到人们拉开卷闸门时发出的声音。

我冲在最前面，急切地扑到姐姐身上，哽咽着说不出话来。姐姐被我一下子惊醒，并坐起来："整酿？（干什么？）"档口里有些昏暗，姐姐一下子没有认出我来。

"姐，是我，我是慧慧！"我抓住姐姐的手，使劲摇晃着，号啕大哭，"爸爸来了，侄子也来啦"。爸爸心痛地看着姐姐，一句话也说不出来，不停抽烟。

"你们都走，不要管我！"姐姐沉默了一会儿，突然大声喊起来，不断挣脱我的双手，我喊着侄子过来帮忙，一起用力按住姐姐的肩膀。

姐姐挣扎了几次，似乎没了力气，她放声大哭起来："你们是不是不要我了？为什么不来广州找我？"

王总干事和广州市救助管理站救助小分队队长胡静、让爱回家广州志愿服务总队队长刘富旺、白云区太和镇社工站社工张晓霞以及市救助站鼎和驻站社工聚拢在一起商量了一下，决定撤出现场，只留下我们家属三个人。

卷闸门被拉下来大半，留下一点空隙。他们留下几名社工和志愿者守候在档口门口，其他 20 多人走到远一点的巷子里，把时间和空间留给了我们一家人。

姐姐哭了很久，情绪才稍稍好些，但她不同意回家或去宾馆住，嚷嚷着叫我们家里人赶快回云南。对于这几年的生活状况，姐姐没有讲太多，只是说"生活太艰难，家里人不要我了"。对于妈妈打来的电话，她不接，只是默默地坐在"床"上。

面对姐姐的情况，爸爸坐在泡沫箱子上拼命抽烟，时不时地自言自语着："杂个些？（怎么了？）"

侄子直愣愣地站在我和姐姐的旁边，20 多岁的他对于大姑没有什么深刻印象，只知道大姑在广州。慢慢长大后，他才清楚大姑是在广州失去联系的。

来的路上，我表达过两个方面的担忧：一是姐姐户籍的注销问题，姐姐的户口在 2015 年因为重录、误登原因被注销了，我担心带姐姐回乡坐车会遇到麻烦；二是姐姐不回家怎么办，妈妈因为思念姐姐，双眼几乎失明，躺在家里不安地等待着姐姐的消息。

第一个担忧很快得到了解决。确认可以通过救助站的救助编号买票返乡，但前提是要本人自愿进站接受救助。针对这样特殊的案例情况，救助站可以协调在火车站的临时救助服务点办理救助流程，不需要进救助站等候。

而关于流浪者不愿跟随家人回家的担心，王总干事告诉我，这是流浪者救助寻亲中经常遇到的共性问题。尤其是离家时间越长，跟随家人回家的意愿有时会越低，需要"熬"，更需要"耗"。

接下来怎么办呢？我交代爸爸和侄子先看好姐姐，我从档口里出来找到大部队。我眼睛红红的，眼镜上布满泪水，白色的羽绒服沾满污渍，鼓鼓的双肩包依然背在身上。人们安慰我不要着急，先把包放到地上，喝点水，平复一下心情。

之后我们一起讨论了一个可能的问题：以姐姐现在的精神状态，她会不会是疑似精神障碍患者，也就是通常意义上的流浪精神病人。如果是疑似流浪精神病人，在我们家属在场的情况下，社工可以电话预约专业精神病院派车来接领，先送去专业精神病院诊治。

但根据我刚刚的接触，和前期大家跟姐姐的沟通交流情况来看，姐姐并没有表现出疑似精神病人一些常见的特征：如自言自语、认知不清、具有明显的暴力倾向等。排除了疑似精神问题的考量，经过商议，我们确定了下一步的四项工作重点：视频通话，撤走人手，兵分两路，考虑陪伴。

一是让姐姐跟妈妈通个视频电话，母女连心，通了电话或许会有转机。二是现场只留下两名女社工协助，其他人先撤走。三是家人兵分两路，爸爸、侄子先在附近找个宾馆住下来，我一个人留下跟姐姐交流。四是要做好持久战的准备，姐姐的心结肯定难以在短时间内打开，我需要考虑能否陪伴姐姐在广州待几天，让爸爸和侄子先返回老家。

# 三、"姐姐同意租个房子住下来"

我第二次钻进卷闸门。不一会，爸爸和侄子由现场的社工和志愿者带领，去附近找宾馆，先走了。很快，我也从卷闸门里出来，向大部队跑过去，兴奋地告诉他们："姐姐同意租个房子住下来，但不想住在附近，想离这里远一点。"

让爱回家志愿团队里，有志愿者是做地产中介的，刘队长打电话落实，很快找到一间价格实惠的公寓。公寓附近有社区公园，交通便利，不用缴纳押金，随到随住，随时退租。

因为担心有变故，刘队长几个人一直等在附近。夜色渐浓，晚上8点多钟，看到我和姐姐在卷闸门里依然没有动静，刘队给我发来信息："怎么样？是不是你姐姐改变主意了？"

"没有，妈妈又打来电话，姐姐接了，聊得还好，姐姐有点累了，在睡觉，等她醒了我们就去公寓那边。你们太辛苦啦，都回去吧，有什么事情我再跟你们讲。"我很快回复，还发了一个兴高采烈的表情。

刘队几个人回到他位于白云区永泰的"三哥深宵美食城"。刘队的主业是宵夜店老板，副业是让爱回家广州志愿服务总队队长。

救助一人，幸福一个家庭。今天的寻亲，还算有了一个好的结果。虽然姐姐没能马上返乡，但相信在不久的将来，我们一家人的牵挂终将圆梦。

刘队在群里发了照片：他们几个人拖着疲惫的身体，热火朝天地撸串、喝扎啤。刘队跟我讲，这似乎成为让爱回家团队寻亲成功后的"标配"：大家一起聚在烧烤店里，喝喝酒，聊聊天，聊天的内容除了救助寻亲，更多的是日常生活中的点点滴滴。

此时此刻，刘队他们尽力不再沉浸在流浪者的生命故事里，而是将自己拉回到柴米油盐的日常生活中，从工作中的角色回归生活。

第二天，2024 年元旦。中午时分，我和姐姐终于住进了公寓。新年的第一天，我们姐妹俩开始了"同居"生活。

不出所料，前一晚，姐姐出现反复，坚持要在档口再住最后一晚。无论如何，姐姐说再住一晚才能走，说这里安全，她对这里有感情。我只能答应，但我不敢睡觉。

而姐姐却晚上不睡觉，她平时的生活习惯就是白天睡觉、晚上不睡觉，可能是担心遇到坏人。11 年里，姐姐经历了什么呢？最开始见到姐姐的时候，我不停地追问她，但她避而不谈。

当夜深人静，周边的喧嚣渐渐散去，身下的泡沫箱散发出浓重的海腥味：鱼的、虾的、生蚝的、海带的。

我和姐姐并排躺在她的"床"上。与海鲜的味道相比，姐姐衣服上散发的味道一点也不少，但却让我心里特别踏实。我紧紧拉住姐姐的手。我不再追问她的过往，那些过往不再重要，重要的是姐姐就在我身边。我和姐姐一同感受着她无数次感受到的海腥味和夜色阑珊深处的静谧。

一天的舟车劳顿让我疲惫不堪，下半夜里，我困得不行，但还是陪着姐姐不停聊天。广州四季如春，但一月份却是一年中最冷的时节，潮湿、阴冷。躺在冰冷的"床"上，即使冷飕飕的，我依然感觉到自己的眼睛都快睁不开了。

爸爸年龄大了，我发信息把侄子偷偷叫过来，让他守在档口门口，我担心我一下子睡过去，姐姐跑掉。早上 8 点多钟，我才醒来，档口外嘈杂的声音没影响到我。

我醒来时，姐姐就坐在旁边看着我，姐姐说我没有改掉打鼾的老毛病，还给我带回一份早餐。我看到爸爸和侄子忙碌着，打包姐姐各式各样的"家当"：被子、床单、衣服，还有五颜六色的环保袋。

我以为姐姐今天要回家，但侄子悄悄拽了拽我衣角，阻止我查询返乡车票的冲动。爸爸和侄子把我和姐姐送到公寓后，才返回云南老家。

# 四、"妹妹，我们一起回家吧！"

而没有想到的是，我在广州陪伴姐姐的时间历经了漫长的 50 天。不知不觉，第一周过去了，第二周过去了，第三周、第四周、第五周也相继过去了。

在这一个多月的时间里，我跟鼎和社工团队、让爱回家志愿者保持着"网友"的关系：我叫他们不要来公寓，不要打电话，只在微信上持续联系。

这期间，我明显感到自己最初的信心受到了一定程度的打击。我已成家立业，年幼的孩子在老家等着我，还有一大堆的工作要处理。

一边是老家父母的望眼欲穿，一边是姐姐的"负隅顽抗"。我还要在广州陪伴姐姐多久？这样耗下去还有没有价值和意义？一个个夜深人静的时刻，我无数次扪心自问。

甚至，我自己也萌生出一丝丝动摇：为了一个人，拖住一家人，这样的安排到底对不对？姐姐心中的郁结需要时间去慢慢化解。而我漫长的陪伴更需要耐心去苦苦支撑。

随着时间的推移，春节的脚步越来越近。鼎和社工团队给我提了一个建议："2月9日，大年三十，按照你们老家过年的习俗，你和姐姐一起做一顿团年饭，喝点酒，聊聊共同的话题，不要问过往，不要提回家。公寓里做饭不方便，我们提前送些菜过去。"

其实，公寓里做饭很方便，这段时间，每天都是姐姐做饭，我反而成了被"救助"的一方：衣来伸手，饭来张口。

大年三十，我和姐姐的年夜饭相当丰盛。姐姐做的都是家乡的特色菜：水淹牛肉、油炸猪肉、油炸粉肠、水煮鳝鱼、凉拌折耳根。我准备了家乡的啤酒，是早早在网上下单预定的。

姐姐不同意给家里打视频电话，我撒娇似的央求她，我们两个人录了一大段视频发给家人，在说新年祝语时，姐姐哽咽了。

姐姐跟我说，她想起了十几年前，我们姐妹两个人在广州第一次吃年夜饭的场景。我这才想起来，这是我和姐姐在广州的第二次年夜饭，2012年春节，我曾跟着姐姐一起在广州度过。

"智宝杜！（喝酒！）"

"梅泥早！（吃东西！）"

姐姐不停地给我倒酒、夹菜。她喝了很多酒，但是很清醒。

我夸赞姐姐道："么么三三（语气词，表示惊叹），你做呢菜太板扎了。（你做菜非常好。）"看到姐姐高兴，我也很兴奋，感觉身边的一切东西都那么亲切。

也是这次年夜饭，姐姐第一次问起回家的车票好不好买。

犹豫再三后，姐姐终于说出了让我翘首以待的话："妹妹，我们一起回家吧！"

吃过年夜饭，我兴奋得睡不着，马上查询车票。春节期间，广州到云南的车票较为紧张，最近的返乡车次是 2 月 18 日（大年初九）00:09 的 K4588 次列车。这意味着，我和姐姐还需要在广州再待十天。

其实，这段时间我瞒着姐姐，叫爸爸在老家派出所开具了姐姐的身份信息证明，户口注销证明早就寄过来了，只是没有跟姐姐说起过，就等着姐姐想要回家的这一天。

焦急的我等不及第二天到车站窗口现场买票，便拿着姐姐的姓名和身份证号码试了试，谢天谢地，竟然可以在网上给姐姐订票！我马上预定了两个人的返乡车票。

# 五、"欢迎各位家人来云南"

虽然有家乡派出所开具的相关证明，但我还是担心姐姐乘车可能会有麻烦。第二天，我问鼎和社工团队和让爱回家志愿者有没有什么好办法，能不惊扰姐姐，不让她再被外界因素干扰并顺利上车。

鼎和社工团队告诉我，按照相关乘车规定，身份证在有效期限内的乘客，如果没有携带身份证或户口本，可以在车站大厅开具临时乘车证明，再在现场买票或提前在网上订票。

但有时也会有特殊情况发生，比如能在网上预定到车票，但开不出来临时乘车证明。2021 年，鼎和社工团队就遇到过一次这样的棘手情况。

听到可能会遇到的意外情况，我心里没底。但鼎和社工团队让我放心，他们会来协调。针对姐姐的实际情况，鼎和社工团队联系了广州市救助管理站救助二科科长胡伟聪。经过多方协调，市救助站设立在广州市火车站的临时救助窗口可以为姐姐开辟绿色通道服务，协助解决乘车证明。这既免去我的担心，又不会惊扰到姐姐。

"我们到火车站送一下你们两姐妹吧，方便去对接乘车证明，你看怎么样?"鼎和社工团队把协调情况告诉我，并计划和让爱回家志愿者一起到火车站送我和姐姐。

我个人是欢迎他们来送站的，这段时间里，救助站工作人员和社工、志愿者一直与我保持交流，为我出谋划策，帮助我规划带领姐姐出游的线路，鼓励我坚定陪伴姐姐的信心。我想要当面向他们表示感谢。

我小心翼翼地问姐姐："社工和志愿者想到火车站送我们上车，你看行不行?"

姐姐没有说话，只是在仔细整理她的物品。看到姐姐还有重重顾虑，情绪也不是太稳定，所以我谢绝了送站的好意。鼎和社工团队把市救助站火车站临时救助窗口的位置、联系人及其电话号码发给我，叮嘱我一定要提前到达火车站，预留足够的时间办理乘车证明。

同时，鼎和社工团队也把姐姐的身份信息证明和车次提前发给市救助站，做好了前期对接工作。返程当天，广州救助站火车站救助点的工作人员非常热情和细心，很快为姐姐办理好乘车证明，还为我和姐姐准备了一大袋的食物。

临进站前，我提议跟姐姐在广州火车站前拍个合照，姐姐犹犹豫豫，没有答应也没有反驳。我没有勉强姐姐，而是让她给我单独拍一张照片，我说要发给爸爸和妈妈，让家里人放心。

姐姐没有拒绝，她指挥我站好，嘱咐我摆出各种各样的姿势，为我拍了十几张照片。暖暖的冬日阳光洒在姐姐的身上，姐姐的面庞浮现着甜甜的笑意。

我在心里默念着：广州，再见。

我在心里感动着：广州，谢谢。

经过各方帮助，我和姐姐顺利上车。经过我 50 天的持续陪伴，姐姐踏上了返乡之路，阔别家乡 11 年，她终于回到了亲人的怀抱。

"欢迎各位家人来云南！"返乡之后，我顾不上疲劳，迫不及待地向广州救助站的工作人员和社工、志愿者们分享着我的喜悦。（以上根据慧慧口述访谈资料及广州市鼎和社会工作服务中心 2019—2024 年度服务档案整理，文中慧慧为化名。）

行百里者半九十。在流浪者救助寻亲服务工作中，形形色色的流浪者家人屡见不鲜，而像这样形影不离、陪伴 50 天的家人，慧慧却是第一个。

在为慧慧姐姐寻亲返乡的救助工作中，广州市救助管理站、广州市救助管理站救助小分队、白云区救助小分队等政府救助力量给予了倾力支持。

"让爱回家"广州志愿服务总队更是不遗余力地投入其中。之所以能够联系上慧慧一家人，正是源于让爱回家广州志愿服务总队刘富旺队长的积极协调，他通过贵阳公安局云岩分局指挥中心雷庭方全国公益寻亲工作室，查询到慧慧的联系方式。

面对流浪者群体的救助寻亲，人们往往只关注到流浪者自身的喜怒哀乐，而常常忽略了流浪者背后家人的不离不弃。在这些不离不弃的身影之中，女性占据了非常大的比例：有千里寻子的妈妈、有甘愿奉献的姐姐、有苦苦陪伴的妹妹。

在不为人知的角落里，妈妈、姐姐或妹妹的角色，彰显出温情而澎湃的力量，融化了流浪者内心的坚冰，演绎着一个又一个久别重逢的团圆故事。

慧慧的 50 天陪伴，仿佛足球场上的"临门一脚"，成为决定胜负的关键。血浓于水，亲人的陪伴与理解，才是救助寻亲路上最耀眼的"灯塔"。未来的救助寻亲路上，一定会有更多的慧慧和慧慧一样的执着与陪伴出现，照亮流浪者的回家之路。

# 第七章
# 聋人寻亲：21 年的回家路

这些文身，和他的流浪经历一样，因为他不能讲话、写字，不会用手语交流，而变成了谜团，但它们又成为他的一部分，留下了永远的印记。

2023 年 12 月，通过知名公益人陈嘉俊的牵线搭桥，鼎和社工团队与上海流浪者新生活团队建立了联系，双方开始经常交流救助寻亲案例。

从 2011 年 11 月开始，上海流浪者新生活团队每周六晚上都会在上海火车站、上海南站、天目西路等地为流浪者发放晚餐。2020 年起，团队在为流浪者提供关怀探访的同时，还聚焦聋人寻亲返乡服务，截至 2024 年 10 月，团队已累计为 13 名流浪聋人寻亲成功。

2024 年 3 月，鼎和社工团队专程前往上海，拜访了上海流浪者新生活团队的负责人金建。金建是一位来自东北的"新上海人"，70 后，2001 年来到上海，主业是做科研仪器销售，同时也是一位 16 岁男孩的爸爸。

金建向鼎和社工团队展示了他们团队开发的救助服务 App 和流浪者个人建档表格。整套表格内容的丰富性、完整性让人肃然起敬，让做了十年救助服务的鼎和社工团队专职社工自叹弗如。

在那次座谈交流中，金建重点介绍了他们在聋人寻亲方面的探索，那些跌宕起伏的寻亲经历，也为更多人解答了心中的疑虑：聋人群体为什么要流浪他乡？

或许，金建的一段话可以让人们找到答案："我们不知道他们经历了什么，也许这样活着，已用尽他们的全力，请不要轻易评判。"

西行的列车穿行在一望无际的黄土高原上，窗外大漠孤烟的景象让人心驰神往。此刻，列车上的聋人王开禾，心早就飞到了家中妈妈的身旁。

回想当初，我向他询问记忆中的家乡场景，无论我打什么手语，他却只会模仿，就像照镜子一样，无法沟通。

那时，我以为他回家的机会渺茫，谁都没想到，真的有一天，我们能够帮他找到回家的路。如今，他离魂牵梦萦的家越来越近。

我是上海流浪者新生活团队负责人金建，我们团队为 13 名流浪聋人寻亲成功。而王开禾，给我留下了非常深刻的印象。

# 一、"大个子"

2024 年龙年春节的大年初一，我们流浪者新生活团队请流浪者吃年夜饭时，我在火车站北广场遇到了好久未见的聋人王开禾。他穿着一件爱心人士捐赠的蛮新的冲锋衣，看起来气色还不错。看到我，他很高兴，咧嘴笑着，但当我用手语与他交流时，他依旧用同样的模仿动作来回应。我不知道他是否理解我告诉他的意思："不要着急，正在为你找家！"

王开禾和其他流浪者一起排队，领取了年夜饭和新春福袋后，笑着跟我打招呼，边走边回头，朝大家望了望。

我认识王开禾已经近十年了，但没人说得清他是什么时候开始在上海流浪的，家又在哪里。就连名字也是爱心团队根据他领饭时歪歪扭扭的签名取的。火车站之前有好几位流浪聋人，为了区分，其他流浪者平时都喊他"大个子"，因为他是其中个子最高的，身高将近一米八。

在大家印象当中，自从 2011 年开始每周六发饭时，他就已出现在火车站。至于他是从哪里来的，是不是一直在上海，不得而知。那时，他经常与几位同样流浪多年的聋人小胖、小旺、小刘朝夕相处。如今，他们都先于他相继找到家人。

王开禾虽然个子很高，看起来像 30 多岁，是个大人，但他喜欢憨憨地笑，又像个没长大的孩子。因为他干活不惜力，有零活时，其他流浪者也会叫上他去帮忙，赚点生活费。平时，他也经常去几个爱心团队那里领饭，也不知道他是如何记住几个不同发饭点的时间和地点的，以及如何熟练坐地铁的。

除此以外，有段时间，他还在火车站附近的一家小饭店里帮忙，收拾桌子、刷碗，饭店会供他饭吃，晚上他就睡在街边。对于一个没有身份证的流浪聋人来讲，这已经很不错了。也有人觉得，饭店是在用免费劳动力——至少应该给点钱吧。

有爱心团队为了帮助他，请他帮忙打杂，一个月给他一千多块钱，有吃有住。可是做了一段时间，他又不辞而别，不知所踪，隔段时间，他又会突然出现。慢慢地，大家知道他沟通困难，又喜欢自由，独来独往，便不再固定要求他，任他来去。

# 二、"晚上睡在哪里?"

他知道我为聋人小胖找到家后,让周围的聋人朋友跟我说他也想找家,于是他被列为第7号需要寻亲的聋人。但经过多次沟通,收效甚微,他既不识字也不会写字,更不会手语。我曾经成功运用过的通过家乡记忆缩小疑似地的方法,在他身上像打在棉花上一样,毫无反应。我也曾试过各种方式,包括人脸识别、DNA 比对,但都没有结果。

每次见到他,我都会试着和他交流。2021 年春天的一个夜晚,我们在街头开展食物发放活动时,他从口袋里拿出了一张二代身份证。这让我们兴奋不已,又懊悔不迭:怎么这么重要的信息,竟然被遗漏了?

冷静下来后,经过仔细辨认,身份证上年轻、穿西装的面孔和他有七八成像,但是也看得出来这不是他。围观的其他流浪者七嘴八舌地说,这是他捡的身份证。我们兴奋的心情,瞬间又跌到谷底。

他平时走路略带摇摆,有年夏天,他的小腿肿得厉害,走路一瘸一拐的,我带他去医院治疗。在医院门口拍照时,他突然拉起胸前的 T 恤衫,露出了胸前的文身,让我惊诧不已。接着,他又挽起上臂的袖子,露出黑色鲤鱼图案文身。见到身材魁梧、不讲话时表情严肃、有这么多文身的他,会让人产生"保持距离为妙"的感觉。这和我印象里只会憨笑和模仿别人动作、容易受欺负、被占便宜的他，相去甚远。

直到现在，我也没明白他遇到了什么人？为什么会有这些文身？被人带着做了什么事？

这些文身，和他的流浪经历一样，因为他不能讲话、写字，不会用手语交流，而变成了谜团，但它们又成为他的一部分，留下了永远的印记。

2021年10月31日，我凭着仅有的信息，做了聋人寻亲海报，并在网上发布，以期他的家人能够看到。

这期间，流浪聋人小胖、小旺、小刘先后通过DNA比对、祖籍分析、家乡回忆等科技手段找到了家，并和亲人团聚。我想为他再次采血比对，可是总找不到他。

2022年9月18日，我终于在虹桥火车站找到了他。再次跟他聊起找家的事和采集血样送检，他似乎看懂了，并很耐心地配合采集血样。

我用手语问他："晚上睡在哪里？"他还是照常模仿我的手语，然后指指我。当再让他看一些疑似他家乡的地理环境及饮食文化的图片时，他还是没能分辨出有效信息。我们只能寄希望于DNA比对和祖籍分析的结果了。

# 三、"以为早不在人世了"

没过多久，DNA比对结果出来了，没有比中。但好消息是有三条分别在山东和山西的祖籍信息，疑似是王开禾的家族男性。经过寻亲警官发内部协查函以及团队志愿者木棉的核实，其中两条线索被排除，第三条线索却迟迟没有进展。网上查到的电话，打过去不是空号就是无人接听，寻亲之路似乎陷入了死胡同。

2024年3月21日，团队志愿者木棉想到好几次街头探访时，看到王开禾那双期盼的眼神，心里又有些愧疚。抱着不愿放弃、再试一试的心理，木棉在山西Y县某官网上找到并拨打了好几个座机号和手机号，终于接通了一位男士的电话。听了木棉讲述后，他给了新联会苏女士的电话。苏女士说可以帮忙联系村书记，有消息后会第一时间回复。

一个多小时后，苏女士回复：当地确有一位聋人多年前走失，并告知其父亲姓名和电话。当听到这个消息时，木棉心潮澎湃，心脏咚咚地跳了起来。王开禾终于找到家了！虽然还有很多细节需要进一步确认，但感觉这回应该是真的。

随后，木棉把王开禾的照片私发给苏女士，请她进一步求证，并把好消息告诉了寻亲联络小组的志愿者们。不久，苏女士回复：已经把相关信息转给了当地派出所的李警官。随后，大家建了微信群，李警官表示会去亲自核实。

第二天，李警官和徐警官驱车到疑似家族了解情况。原来，祖籍分析比中的是王开禾家族的堂弟。王开禾是他叔叔家的大儿子，本名汪枫，已离家走失20多年，当年家人也曾报警寻找，奈何一直没有消息，一个聋人在外多年，家人以为他早就不在人世了。听到李警官和徐警官带来的好消息，家里人简直不敢相信，汪枫还活着，一家人很是高兴。

直到这时，参与寻亲的志愿者们心里的一块石头才落了地，接下来，就是赶紧找到汪枫，想办法让他回家。

# 四、"这是你的爸爸和妈妈"

问了一圈，谁也说不准他平时到底露宿在哪个位置。我们团队只能漫无目的地去找。

一个周五下午，我到虹桥火车站去寻找，结果也没有找到。一位经常遇见他的流浪者说周日会遇到他，可以帮忙传话。周六，我又去南京路扫街，有流浪者说昨天看到过他。很遗憾，和他擦肩而过。

周日，本该去领饭的他也没有出现。他像消失了一般，团队的伙伴说："我们没特意找他的时候，老是能看到他，这回到关键时候，却找不着了，头疼啊。"

2024年3月25日上午，在人民广场小花园，我终于见到了他。所有人都保密，没有直接告诉他找到家的好消息，担心他不理解，再节外生枝。

中午吃过饭后，我将他带到肯德基，先用电脑给他看聋人小旺、小刘、小龙等人和家人团聚的视频，希望他能明白他认识的几位聋人都回家了。从头到尾，他看得很认真，还不时地伸出大拇指点赞。看到聋人小刘和妈妈团聚的画面时，他用手指自己的左下巴点点头，开心地笑起来。

有了前面的铺垫，我才怀着忐忑的心情，把他家人的照片放出来让他辨认。他指着妈妈的照片，笑着点点头，又用手往自己脑后比画，好像在说"妈妈梳了一个发髻"。我也指着照片，用手语表示："这是你的爸爸和妈妈。"他也不断地用肢体语言告诉我：他想起来小时候爸爸妈妈拉着他手臂，带他上街的情形。

见他能认出家人并且还很开心，我这才放下心来，又用手语表示："我们会坐火车送你回家。"

# 五、"终于要回家了"

3月27日上午，汪枫如约来到爱心团队给流浪者提供的洗澡的地方，其他爱心团队得知他要回家的消息后都很高兴，特意为他准备了行李和新衣服，他很开心地和我一同乘车离开。

由于他没有身份证件，无法买票乘车，上海市救助管理站热心地为他办理了相关手续，在站里用了午餐之后，救助站工作人员开车带他到火车站换票。拿到车票的那一刻，所有人都相信，这回，他一定会明白："终于要回家了。"

因为车票是第二天的，当天晚上不能让他再露宿在外，万一再找不到就前功尽弃。于是，我找其他爱心团队帮忙，给他安排了临时住处，并请跟他熟悉的流浪者陪伴他一晚。

3月28日下午，我们流浪者新生活团队的两位志愿者陪同他踏上了回家的列车，向着1500公里外的老家进发。经过一夜的长途火车旅程，他静静地看着车窗外飞速掠过的黄土平原和远处的高山、村落，脸上有些期盼，也有些忧伤。也许，他在回忆当初离家的情形；也许，是在想念着多年不见的爸爸、妈妈。

列车缓缓停靠在山阴站时，他急忙从上铺爬下来，收拾好物品和行李箱，就要下车，团队伙伴小朱拦住他，告诉他还有一站才到，他就握紧着背包带，坐在过道的座椅上。

3月29日15时36分，阳光洒满站台，列车终于抵达Y县火车站。等不及的他背着双肩包，拉着行李箱，大踏步走出车厢，急步往出站口跑去。两位团队伙伴赶忙追上他，提醒他不要急，慢点走，注意安全。他转头看了看，笑着点点头，但还是急急忙忙地往前走。

在出站口，让爱回家和宝贝回家的当地热心志愿者们早已等候多时。他望着空旷的站台广场，眼里有些失落，但还是和志愿者们打招呼、握手。大家在"欢迎汪枫回家"的横幅前合影留念。

# 六、"儿啊，跟我回家！"

在村道口会合后，当地派出所李警官开着警车在前面领路。远处一块块刚犁好的田地，整整齐齐地环绕着错落有致的村庄，一间间村舍建在田间土坎之上，门口是一片平整的空地。开春了，近处及远处的村民都在地里春耕劳作。

车子停在一道巷子口，他拿好行李，急急地走过田埂，沿着平整的水泥路向前走，走向那幢被田地包围着的房屋。他应该还记得小时候的家。

房子不远处的田里，正在干农活的一位老人看见这么多人往她家走来，赶忙拿着耙子，从田里跑向家门口。

汪枫像个犯了错的孩子，手足无措地站在家门口，背着双肩包，手里拎着袋子，默默地看着妈妈从田里走过来。就这样，母子俩静静地对视着，妈妈都忘记左手里还拿着耙子，右手指了指儿子对大家说："我是他妈妈！"

妈妈放下手中的农具，含泪看着儿子。汪枫望着妈妈，走向前，靠在妈妈的旁边，轻拍妈妈的肩膀，把妈妈搂在身边，露出欣慰的憨笑。而妈妈看着围观的人群，有点不好意思，却又很幸福地望着将近高出自己一头的儿子，强忍着泪水。

21 年前，汪枫不知什么原因消失不见时，他还是一个只到妈妈肩膀高的 16 岁少年。这么多年，他不知在外受了多少苦，遭了多少罪。归来时，他已是年过而立的中年人，妈妈怎能不心疼落泪。

白色的铁皮门上贴着两个大红的"喜"字和门神画像，妈妈打开大门，用手点着儿子的肩膀，指指家门说："儿啊，跟我回家！"

妈妈微笑地看着大儿子，跟志愿者们讲："小时候发现他不会说话，看了医生也看不好。"她又对着儿子的腰部比画了一下，接着说："当时他的个子就这么高，很矮，走路歪歪扭扭的，站都站不稳，也没法去上学，就一直待在家里。也不知道怎么地，他就一个人跑了，找也找不到。"

"他走的时候是 16 岁，那时是夏天吧，我们报了警，在十里八乡都找过，就是没有找到，没想到他会走那么远，我还以为真的再也找不回来了。"

汪枫的爸爸在外务工没能赶回来，弟弟妹妹也不在家，家里只有母亲一个人。看得出母亲很勤劳，把家收拾得干干净净的。看着家里条件还不错，大家还算欣慰。同时，我们也向前来帮忙的李警官和村干部表示感谢，以后恢复户籍、办理残疾证等事项，李警官和村干部都会积极协助。

千里迢迢完成护送任务后，团队伙伴们谢绝了妈妈热情的挽留，匆匆忙忙与母子俩告别。汪枫和妈妈送他们出门外，妈妈站在晚霞中，微笑着朝大家挥手。而汪枫，不知何时起，也不再只是模仿手势，已然有了自己的动作。也希望从此以后，他能拥抱自己崭新的生活。〔以上根据上海流浪者新生活团队负责人金建口述访谈资料及上海流浪者新生活团队公众号文章《聋人寻亲：21 年的回家路》（作者：木棉、金建）整理，文中王开禾、小胖、小旺、小刘、小龙、汪枫为化名。〕

2024 年 9 月 26 日，在第十一届广州社会组织公益创投活动的支持下，鼎和社工团队组织开展了"大湾区社会力量参与救助服务高质量发展经验交流会"，金建专程从上海赶到广州，分享其团队的服务经验。

广东省千禾社区公益基金会、广东省室内环境卫生行业协会、广州市暖加公益促进会、广州市天河区利富蜗牛公益服务中心、东莞市大众社会工作服务中心、东莞市让爱回家公益服务中心、让爱回家广州志愿服务总队、心语心理援助志愿服务队等公益伙伴，齐聚一堂。

作为拥有十几年流浪者关怀服务的资深志愿者，金建对于流浪者关怀服务有着深层次的思考：流浪者群体究竟是社会问题还是社会现象？对于流浪者，管理与服务如何平衡？我们应如何看待流浪者群体的生活与生存？

活动当天，金建到得比较早。广州大学公共管理学院副教授汤秀娟老师到得也很早。于是，两人就流浪者救助服务的话题，进行了充分的交流。

活动现场，金建第一个作交流分享。他穿着一件印有团队标识的白色 T 恤和浅色牛仔裤，侃侃而谈。炽热的阳光，透过窗帘，仍然产生一种灼热的气息。广州的高温，比较契合金建分享的题目：《温暖街头，点燃希望》。

金建分享的聋人寻亲章节让人印象深刻。流浪新生活团队已经为 44 名流浪聋人发布寻亲信息，帮助 13 名聋人找到亲人。每一个成功寻亲案例的背后，都凝结着团队伙伴们的耐心与坚守，同时也离不开全国热心志愿者的帮助。

在聋人寻亲成功案例中，离家时间最长的达 33 年。因为手语沟通困难，流浪聋人只能把家乡的图景画在纸上，依据家乡"有冻梨、冻柿、酸菜"等食物，团队锁定其户籍地在内蒙古。有人外出打工与同乡走失，流浪多年后找到家人；有人流浪 27 年，通过一滴血，找到家人；有人反复书写"休斯敦"，很认真地提供家乡线索，历经曲折后终于回归家庭。

在救助寻亲过程中，需要反复梳理海量的信息，总是有些地方会带着大家兜兜转转，也会有一个关键点或事件一下子指明方向。只有在多方的配合和不断尝试下，结合团圆行动警官的科学技术方法，才能够完成这些看似不可能的任务。

"尽量向上看得足够高，尽力向下走得足够深，尽心理解芸芸众生，尽我所能帮助他人。"或许，金建转述的这段话可以作为彼此的共勉。

# 第八章
# 流浪精神病人出走的十年

因为担心二哥像以前一样会突然给家里打电话，不但家里电话号码不敢换，三妹还执拗地每个月给二哥的手机号码充50元话费，十年间从未间断，累计充值超过6000元。这些话费，足够不间断地通话一个月。

盼望着有朝一日能和二哥再相见，留在老家小城生活的三妹，从来不愿听别人说二哥可能已不在人世。她执拗地给二哥的手机号码每月充 50 元话费，连续充了十年，希望有一天能突然接到二哥的电话。

这座因煤炭而显赫一时的东北小城，近年来因一套几十平方米的楼房只卖两万元，再次出现在大众视野。房价超低的原因之一，是资源枯竭之后，本地人纷纷出走，寻找更多更好的发展机会。

曾经在家乡混得很好的二哥，因为家庭变故和精神分裂，而逃离得更加决绝，已有十年未与家人联系，成为一个彻底的流浪精神病人。

直到他在上海南京路流浪，再次出现在志愿者的视野时，终于寻亲成功，并很快被妹妹和家人接回老家。对于一个流浪精神病人来讲，有这样不离不弃的家人，实在难得。

而在不知名的角落，或是繁华的都市街头，依然有患有精神疾病的"三哥"或"三姐"在流浪，长期滞留在某个地方，被救助，被安置，等待家人的寻找。

或许，回家的道路还很漫长。

或许，只差一次街头的邂逅。


# 一、"替单位要账"的流浪者

我是上海流浪者新生活团队的金建，我们团队与二哥的故事始于一次偶然的邂逅。

2024 年 4 月 6 日，周六，来自全国各地的游人不断地从新世界地下通道涌上地面，繁华的上海南京路上来往的人流一眼望不到头。逛街的人们很少会注意到那些正在翻垃圾桶、捡拾空瓶子的流浪者。几位流浪者经常去的街边快餐店里，几乎座无虚席。

二哥昨晚没有睡好，中午在店里捡了汉堡做午餐后，坐在靠墙的椅子上睡了一觉。下午四点多，二哥从临街靠窗的位置站起身来，准备收拾餐桌上的塑料水杯。就在这时，有两个年轻人向他走来。

这两个年轻人，就是上海流浪者新生活团队的志愿者，一个是我，另一个是沈宴。周六下午，我们正在人民广场进行街头探访。沈宴看到独自坐在窗边的二哥，他戴着一顶棒球帽，胡子拉碴的，身上穿着宽宽大大且很久未洗的黄色外套，桌上放着一个像是健身教练用的拎包，觉得他有点像流浪者，便过去打招呼。

"你好，我们这有八宝粥，给你拿一罐可以吗？免费的。"高高大大的二哥马上站起来，对矮他一头的沈宴很有礼貌地说："谢谢啊！娃哈哈八宝粥啊，我在娃哈哈大厦上过班呢。"

这时，沈宴问他："你到上海多久了啊？"二哥飞快地答道："我家在福建，我刚从厦门回来，刚开完会，到上海一个多月吧，马上又要出差了……"他边说边拉开黑色公文包的拉链，掏出一个红皮记事本。

"我工程公司的，替公司要账呢。"说完他准备收拾东西离开，沈宴一时分辨不清他说的是真是假，赶紧又问："你有身份证吗？"他说："有啊，出差哪能没身份证呢。"

眼看二哥就要离开，老家同为东北的我，听他讲的是东北方言，就和他套近乎："你是东北的吗？我家黑龙江的。"

"是吗？我也是黑龙江的。"

"那我们是老乡啊，你怎么称呼，贵姓啊？"

"啊，我叫陶家富，家里的家，富裕的富。"

此时，我已经初步判断他疑似精神异常，为了不引起他的怀疑和反感，在对话间隙，我偷拍了他一张正面照片，便匆匆告辞。

回来后，我迅速将照片和关键信息发给贵州雷庭方寻亲工作室。第三天，我收到雷警官的回复：比对成功，名字是对的，父亲去世，母亲还在，户籍地址也有了。团队志愿者刘帅的老家与二哥的家乡离得不远，有着家乡话优势的他，便接下了联系二哥家人的任务。第四天，刘帅传来好消息，联系上二哥的家人了。

## 二、为失踪的哥哥交了十年话费

远在 1700 多公里外的二哥老家，与亲人失散的痛苦已经折磨了三妹和家人整整十个春秋寒暑。

三妹至今还清晰地记得，十几年前二哥第一次出走时的情形。当时二哥心里非常明白，给北京的同学打电话联系好后，和家人说买好车票了，要去北京发展。

三妹悄悄地把车票藏了起来，劝他说："二哥你别去了，你看家里有 100 多平米带电梯的大房子，怕你没意思，还给你又养鹦鹉又养鱼的，去北京遭那罪干啥？"

二哥不听，说："你拦不住我，我就想出去散散心。"结果他真的趁家人不注意，跑了。到北京后，二哥在娃哈哈大酒店做保安，工作很勤快，一点不偷懒。平时他住在旅店，喜欢早起，走路上下班。二哥干了一段时间，发了工资后，特意去早市给三妹买了双小靴子。

这件事三妹还记在心里，和二哥提的时候他也没忘。三妹还记得在老家时，二哥日渐沉默，头脑已经有些不清楚，但在街上看到她骑车子玩时，还担心她的安全，喊她："赶紧回家！"

可惜好景不长，二哥工作一段时间后又开始犯病，一不喝酒就闹心，到处找酒，一喝就不可收拾，从白天到晚上一直喝。不上班又喝酒，积蓄很快就捉襟见肘，点一盘麻辣豆腐，二哥都能把手表押在饭店。身上没钱了，就打电话让妈妈打钱。

家里知道后，急忙去北京找二哥，找到时他像个流浪汉一样，身份证、手机、手表全都不见了。二哥被家人接回后，因为有家人管着，喝酒没那么厉害。短暂休整后，他把自己收拾得干净利索的，养得胖乎乎的，身份证办好，手机办好，手里有点钱了，就又再次逃离老家。

如此反复，家里已渐渐习惯他的悄然出走和归来。没想到2014 年，二哥再次离家后，竟然像人间蒸发一样，彻底消失了。

从此，家人对二哥日思夜想，没着没落，却从未放弃寻找。不但去派出所报了失踪人口，还采血入库比对。三年前，最后一次查到他的踪迹，是在深圳走路交通违章，并且得知他在外省补办过一次临时身份证。剩下就是杳无音信，就连疫情期间，查询大数据是否打过疫苗等，也是毫无结果。

前几年，爸爸在弥留之际，含含糊糊地交代说："存折在里屋呢，赶明儿给你二哥留着。"可惜爸爸还是抱憾离世，走时眼睛也没能闭上。

过年过节时，三妹有时会同时梦见爸爸和二哥，在梦中她还问自己：二哥是不是也没了？问完更加绝望，在梦里止不住大哭，直到把自己哭醒。第二天，她的心情会异常低落，心里一直寻思，始终放不下。

尽管如此，十年来，三妹还是特别忌讳别人说二哥可能已经不在了，搞不好她还会翻脸。因为担心二哥像以前一样会突然给家里打电话，不但家里电话号码不敢换，三妹还执拗地每个月给二哥的手机号码充 50 元话费，十年间从未间断，累计充值超过6 000 元。这些话费，足够不间断地通话一个月。

可是，十年来，三妹再没接到过这个熟悉号码的来电，哪怕有一秒钟的通话。

# 三、呼啸而过的青年时光

三妹的手机从不关机，哪怕是显示为外地的诈骗电话，她也从不拒接。十年后，她终于等来了这通电话。

听到派出所警官在电话中报出二哥户口本上的名字，无数次幻想的场景真的出现时，三妹的第一反应，不是怀疑这是诈骗电话，而是吓得要死："我二哥不会出事了吧？"

因为二哥平时对外都用小名，大名只有家人和派出所的人知道。

和志愿者刘帅通电话时，三妹只顾着激动，以为我们团队是头两年看到的二哥，直到收到二哥的照片，才知道是前两天发现的。

当天上午十点多接的电话，三妹一刻也等不及，立刻收拾衣服，准备出发去机场。为了保险起见，我们告诉三妹第二天再去快餐店看下二哥在不在，如果在的话，三妹再出发。

三妹平复心情后，给大哥和侄子打了电话。大哥听到消息后喜极而泣，不顾脑出血后行动不便，当天下午就想开车去上海找弟弟。晚上，三妹更是一宿没睡着，一边担心二哥离开，一边不由自主地回忆着一幕幕往事。

在二哥的太爷爷还生活在大清朝时，这座小城就发现了后来被称作"黑色黄金"的乌黑发亮的"石头"——煤炭，此后的百多年间，小城人的命运就和这些"石头"产生了无法割舍的联系，有苦难也有辉煌，直至衰败、转型。

1972 年，当老陶家的二小子出生的时候，小城的现代化煤矿已经运行了近 20 年，它依然像一个浑身腱子肉、永远使不完劲的年轻矿工一样，散发着勃勃生机，养育着煤城儿女。

在矿务局工作的父亲与在制药厂当工人的母亲，后来又迎来了闺女的出生。虽然要养育三个孩子，但在计划经济年代，他们双职工家庭的生活仍然比上不足，比下有余。和家属院的玩伴一样，二哥也是出生在矿务局医院，然后去附属子弟学校读书。这座城市就建立在煤矿之上，一座城就是一座巨大的工厂，大部分人的衣食住行、吃穿用度都离不开煤矿。

二哥少时聪明过人，学习成绩在全校名列前茅，如果没有后面的变故，他应该能上个好大学。可惜二哥的父母常因琐事打打闹闹，母亲一气之下离家出走，后补办了离婚手续。1988 年，16 岁的二哥正值青春期，心思敏感异常，受父母离婚的影响，他初中毕业后并没有考高中，而是选择了更难考的技校，因为技校能分配工作，可以早挣几年钱。

父亲时常去野外工作，十天半月不着家是常事，就把兄妹仨留在家里。临近 20 世纪 90 年代，借着改革的春风，大哥已经开始在外面做买卖，家里就剩二哥和三妹相依为命，二哥不但要照顾自己，还要给妹妹做饭。

二哥上了技校后离家更远，但仍然每天放学后骑十公里的自行车，回来给刚上小学的妹妹做饭。一个半大小子会做的饭菜十分有限，经常就是焖个大米饭、炒个土豆片、整点大酱、弄点蘸酱菜对付一口。有一次，二哥学着爸爸的样子贴饼子，没想到使劲一甩，面饼没进锅里，直接飞到了窗户玻璃上，把妹妹笑得前仰后合。

二哥一直很在意妹妹，三妹也记在心里。过去平凡的点滴，如今都是温暖的回忆。妹妹说："二哥就我一个小老妹，有新电影了，他自己先看完一遍，不是儿童不宜的才带我去看。"

二哥照顾妹妹的那段日子确实很苦，特殊家庭的成长环境使得她对二哥的感情甚至比对父母的感情更深、牵挂更多。"他对我的好我根本不会忘的"，三妹说。

1991年技校毕业后，二哥被分配到玻璃厂当团支书，他为人老实勤快，很受同事喜欢和认可。二哥是北方传统家庭中长大的孩子，孝敬父母、尊重兄长已经刻在他的骨子里。二哥工作后，每个月都要回来一趟，工资就上交给爸爸保管。

所谓靠煤吃煤，可煤炭总有采完的那一天。面临资源枯竭、采矿成本越来越高的困境，1992年小城就有矿工开始下岗，到社会上自谋出路。而头脑灵活的人总是想方设法搭上煤炭的生意，大哥就用做生意攒的钱养了一辆东风汽车跑运输。

随着生意越做越好，家里的经济条件也发生了天翻地覆的变化。一家人从平房搬到了楼房，不但请得起住家保姆，还买了日本进口的音响，卫生间也装上了浴缸。邻居们都说："老陶家是起来了。"

二哥性格素来豪爽，家里阔了后出手更是大方，因此结交了一些爱玩的异姓兄弟姐妹。高大帅气的二哥经常骑着整个小城只有两台的大赛摩托，载着女孩，在众人艳羡的目光中呼啸而过。

二哥在单位上班上到二十五六岁，单位效益日益下滑，迟早面临着下岗分流的危险，于是二哥干脆出来下海，跟着大哥做生意。家人没想到内心要强、意气风发、有着无限可能的二哥，有一天却会急转直下，走向灰暗的人生。

# 四、酒精麻醉下孤独的灵魂

在小城最辉煌的时候，很少有人会意识到资源也会枯竭。二哥在最好的年纪也是光想着玩，没想过青春也会悄然而逝，压根就没考虑何时结婚成家。

在父母的不断催促下，孝顺的二哥在 30 多岁时开始相亲，有的也短暂地处过。可惜有稳定工作的女孩子，二哥还看不上人家，非要自己找。因为经常去歌厅唱歌，一来二去，二哥对开歌厅的女孩情有独钟，看对了眼。

家里起初都不同意，觉得对方不是太稳当的女孩子，没有正式工作。二哥却不顾家人反对，非得处。希望儿子赶紧结婚好抱孙子的老两口，也只能无奈松口，就这样，大哥也没再管他。两人处了一年左右，女孩看着二哥家里条件不错，就同意结婚。

婚后，两人都不正经上班，没事就要喝两杯，经常不醉不归。家人劝女孩找个班上，但那时小城的工厂已不复繁荣，很多工人都被优化，工作更不似从前那么好找。女孩说自己想干点啥，因为大哥有好多商铺，女孩的意思是想让大哥帮助她做买卖。

大哥明确说："你俩把酒戒了吧，除非不喝酒，让你俩干点啥。"谁知女孩觉得大哥是在找借口难为她，便连家也没回，不告而别。二哥回来后，以为大哥说了什么把媳妇气走了，心里有怨气，又不敢和大哥说，无处排解。本来外面认识的兄弟姐妹就多，这下二哥更有理由借酒消愁，每天喝得天昏地暗，越陷越深。

那时候，二哥的爸爸已再婚，妈妈去了外地，兄妹仨不想影响老人们的生活，便互相照顾着生活。家里面对二哥离婚这件事，起初无法接受，二哥也不愿过多解释，慢慢把自己封闭起来。在大哥公司上班时，工人不服被二哥管，大哥也不向着他，让二哥时常觉得有一些憋屈。

借酒消愁的后果，就是酒后耍酒疯，刚耍酒疯的时候，也没人管他，以为他发泄发泄就好了。不料后来越发严重，二哥不但开始胡言乱语，居然还跑到交警队的楼顶要跳楼自杀，引得无数人围观，闹得沸沸扬扬，把家人吓得不轻。

有人说二哥这是魔怔了，是外病，家里也请人来看过，但效果全无。爸爸不顾二哥的反抗，执意带他去医院检查，结果二哥被诊断为精神分裂症，需住院治疗。但家里舍不得二哥在封闭病房住院治疗，怕他遭罪。事后，妹妹回忆说："那时候我们对精神疾病也不了解，后悔只住了一个月的院，时间还是太短，没起到什么作用。"

无法得知二哥的精神异常是什么原因造成的，但多少和二哥外表豪放但实则细腻敏感的内心，以及什么事都憋在心里、有些小心眼的性格有关。

平时不敢提的事，酒一喝多，二哥就把憋在心里的事想起来了：什么大哥没有经过他同意就把钱从爸爸那里借走做生意了，什么媳妇没良心。这些事情，天长日久积累起来，对他的打击非常大，或许这是导致精神异常的重要原因。

妹妹觉得二哥是一个重情重义的人，受伤的只能是自己，否则也不会疯。

2005 年，小城曾经最大的煤矿也宣布破产倒闭。城市发展日新月异，可是能提供的岗位却越来越少，城市流失人口逐年增加。曾经引以为傲的小城，过去有多辉煌，现在就有多落寞，再也无法挽留想要更好生活的人们。

从小在离异家庭长大的二哥，内心非常不愿意走父母的老路，可媳妇还是跑了。不用别人议论，爱面子的他就已经觉着有点磕碜。加上经常耍酒疯、闹跳楼、进精神病院，在清醒时，每件事都让二哥觉得脸上无光，于是，他开始想要逃离这个伤心的城市。

可二哥不会知道，他只是身体逃离了老家，灵魂却依旧被困在那里。

# 五、又哭又笑的戏剧性团聚

与别的流浪精神病人相比，二哥无疑是幸运的。

他在南京路遇到了我们流浪者新生活团队的志愿者，又得到了贵州雷庭方警官人脸识别的帮助，更难得可贵的是家人多年不离不弃的寻找，他才能脱离街头，回到家人的怀抱。

我们团队在上海市救助站、徐汇区救助站、静安区救助站的帮助下，陆续帮助了数位流浪精神病人与家人团聚，送他们就医治疗，妥善安置。

但也有些流浪精神病人的寻亲救助工作，因为各方面原因，信息有限，非常困难，在多方努力后仍然无果，暂时还只能被困在原地。而那些还漂泊在各地的流浪精神病人，或许是因为大家的刻板印象，怕他们伤害到自己，又或是以为他们是没人要的疯子，而不敢或不愿去帮助。

与三妹联系上的第二天，我跑到南京路找二哥，他不但在快餐店，而且还认出了我。我和他约定："老乡，明天我给你带双鞋过来啊。"二哥说："那啥，你再给我整瓶酒呗，要白的。"

我答应下来，出门后把照片发给三妹，希望家人能放心。

在我去往快餐店的同时，三妹和侄子、侄媳妇按捺不住激动的心情，等不及我的通知，就打车去了机场。大哥因身体不好，没有一同前来。

虽然三妹满怀"到了就能见到二哥"的希望，并且我也承诺不会离开，可她还是不敢给自己惊喜，做着最坏的打算：如果没见到二哥，就让家人先回来，自己留下来继续寻找。

在机场住的那个晚上，三妹又是一夜没睡着，还是担心人再次消失不见。

北方的清晨有些微凉，飞机起飞时，我们团队的志愿者们也出发赶往南京路。

我看到二哥坐在椅子上，独自靠在快餐店的墙边睡午觉，便未打扰，而是将照片发到"二哥回家联络群"里。告诉家人不用担心，有人盯着，不可能扑空。

三妹还是不敢相信即将见到二哥的事实，希望飞机能飞得再快点就好了。

两小时 40 分钟后，飞机于 10:40 降落在浦东机场。三妹的朋友开车来接，在雨天，一路开得飞快。

二哥终于睡醒了，又坐到了靠近商城一侧门口的左边，行李依然放在桌下。

我过去打招呼："老乡，吃饭了吗?"

二哥说："啊，没事，不用，我不饿。"

"我给你点个汉堡啊，这也是你老乡，叫刘帅，你们先聊啊。"我把我们团队志愿者刘帅介绍给二哥。

"我以前做工程的，还有账没要完呢，我还得要账呢。"二哥聊天非常主动，根本停不下来。

大家边吃边聊。我时刻盯着手机，在群里汇报这边的情况。看到三妹说在旁边商场停好车了，我跟二哥说我出去接个电话，然后就冒雨出去和她们会合。

三妹见到我们时，不敢相信我们会这么负责任，还会帮忙盯着二哥。看到二哥真的在快餐店吃东西的照片后，她非常高兴，觉得幸福来得太突然了，简直不可思议，像做梦似的，过一会就能见到二哥了!

我提醒大家见面时不要过于激动，因为不确定二哥能否认出妹妹。三妹说："你放心，我不会又哭又嚎的，这么大岁数了，经历得多了，心理承受能力还是有的。"

到了快餐店，我把二哥的位置指给家人看，并让侄子他们分别守住两个门口以防他跑掉，让三妹一个人过去和二哥相认。

二哥正坐在餐桌旁和刘帅他们边吃薯条边聊天，说着回厦门的事，突然感到有人从后面搂住他的脖子，二哥回头一看，说："你谁呀？"

"哥，我娟儿！"

"你咋长这样呢？"

"咋地，不认识我了啊？"

"这这，你咋长这大脸呢？"

"胖了呗！想我了不？"

"我都想不起来了！"

"别扯，想不起来你说我脸大？想我没想我？"三妹搂着二哥的手一直没有松开，边说边用手扳过二哥的脸，使劲亲了两口。

这可能是我见过最搞笑的认亲场面，看着二哥认出三妹并且没有拒绝，我悬着的一颗心也终于落地。此时，侄子和侄媳妇也是眼含泪花，我看在眼里也不禁动容。

三妹之前设想了见面后的各种情形，但真正见到时，脑袋都是懵的，跟做梦似的，话也是脱口而出，心情更是无法言说。


# 六、灵魂被囚禁，身体去远方


三妹终于找到了二哥，心里更多的是高兴，二哥没出什么事情，除了一口走之前好好的牙，不知怎么齐刷刷地断了，身体其他方面都很好。

过去话不多的二哥，现在变得非常健谈，从快餐店到浴室的路上滔滔不绝，还向家人展示自己的拎包，说："这是去健身房健身用的包，一个健身教练给我的。"

本来打算住下休整的家人，因为二哥没有身份证，要去派出所开证明，又担心夜长梦多，所以当二哥在浴室洗过澡，把全身上下里外的衣服全都换掉后，家人们就立刻订了机票，连夜返回。

来的时候，我让家人把二哥的户口本带着，并问户籍有没有注销。三妹说："只要没见到尸体，一辈子，这个户口本上都得有他名，也是个纪念。"

临去机场前，二哥不知在哪里闻到了酒味，和家人说："走啊，上饭店啊。"

二哥兴高采烈，边喝边描述着在北京物流公司上班，以及去北京、广州、深圳、厦门玩的经历。但他说不清楚是怎么到的上海，只说四处溜达。

三妹翻看了红色的记事本，里面大部分都是真实的人名、电话、家庭住址、车牌号码，还有些让人看不懂、事无巨细的琐碎记录。这和我们帮助过的一位女性流浪者毛毛有些类似，她也记了好多本日记，很多内容都毫无逻辑。

出门在外，身份是自己给的。即使流浪的二哥，也不愿让人看成无所事事的闲人，而是把自己想象成有单位的工作人员，"给工程公司四处要账"就是他想象中的工作。

三妹不敢和二哥讲爸爸去世的事情，怕他受刺激，又怕他不回去，就说："哥啊，你帮我回去要账呗，我不敢照面，怕老赖埋怨我。"

就这样连哄带骗，二哥和家人平安回到老家，二哥还惦记着他的房子谁在帮他看着，鹦鹉和鱼是不是还活着。

二哥得知"咱爸没了"，就和家人去给爸爸上坟。点燃三根烟、三炷香，二哥边烧纸边哭诉："爸啊，你老儿子来看你了，你咋没等我啊！"眼泪从大老爷们的脸上止不住地掉。

在爸爸的坟前，二哥不再是个精神障碍流浪者，而是一个充满愧疚的孩子。

离开家乡的这些年，小城经历着漫长而艰苦的转型，城市建设日新月异，过去矿上塌陷区的房屋，如今已变成高楼大厦。曾经很熟悉的地方，二哥也感觉到陌生。

三妹马不停蹄地带着二哥去见大哥和妈妈。

大哥准备了一桌饭菜给弟弟接风。来的路上，二哥说不能和大哥喝酒，大哥喝完酒打人。大哥揍过二哥倒是有的，那是因为他太气人。别看当时二哥在小城是个"人物"，很多社会人都是他的手下，可是对大哥的管教，他从来不敢还手。

"那是我哥，当弟弟能打哥吗？"无论多大，二哥都守着小时候爸爸教的规矩，吃饭要有吃饭样，坐着要有坐着样，还要有个弟弟和哥哥样。

大哥身体不好，二哥嘻嘻哈哈进来打招呼时，大哥没有动，示意弟弟坐下来。十年不见，大哥已是一位行动迟缓的老人。听着弟弟叫自己"大哥"，兄弟之情涌上心头，大哥有些难过，而想起爸爸去世时弟弟不在身边，又很生气。大哥吃完饭先回去，二哥这才要了一瓶白酒，继续喝起来。

见完大哥，隔天，一家人驱车又赶往妈妈家。

从知道儿子的消息开始，妈妈就很着急，心一直悬着。去上海的路上，三妹一直和妈妈同步进展，就怕妈妈惦记。听说见到了这才放心，要不妈妈心里一直会七上八下。

伴着几声狗叫，二哥走到在屋檐下等候多时的妈妈身边，妈妈双手拉着二哥的外套，边抹眼泪边心疼地问："这十年，你得遭多少罪啊？"

二哥头戴着棒球帽，故作潇洒地说："遭罪，男的嘛，站着嘛，爷们嘛，遭点罪就遭点罪。"

三妹也怕妈妈激动，赶紧说："高兴的事儿，哭啥。"

妈妈说："没寻思活着能看着他啊！"

二哥掀起门帘走进屋里，用说笑声掩饰着默默流下的眼泪。

昨天刚在山上看完爸爸的坟，今天又看到妈妈落泪，还有这么多年找二哥的辛苦和自己所做的牺牲，种种复杂的心情涌上三妹的心头，让她心情非常复杂，特别不好受，但她又不能有所流露，还要逗妈妈乐。

这一桌子菜，是大家这十多年来吃到妈妈做得最好吃的菜，有酸菜炖排骨、蒸肘子、香肠、猪肝、蘸酱菜、韭菜盒子，都是二哥爱吃的菜，二哥吃得也很高兴。

三妹和妈妈开玩笑说："二哥不回来，你平时做饭都糊弄我们啊？"

做饭时，三妹把胳膊烫伤了，除了妈妈看见，只有二哥注意到了，关切地问："咋整的啊？"

不喝酒时，二哥其实挺好，知道关心妹妹的烫伤，妄想的事情也很少。

三妹心想，如果二哥没有精神疾病该有多好，一家人该多幸福啊。可是三妹又特别能理解二哥，他知道自己有精神病，知道爸爸、妈妈、哥哥、妹妹，每个亲人都有自己的家庭，上谁家去都不好意思，不想拖累家人。

与其伤心地苟活，不如去一个陌生的无人问津的地方，混迹于茫茫人海，不去想自己是谁，哪怕当个保安也挺精神，挺好。（以上根据上海流浪者新生活团队负责人金建口述访谈资料及上海流浪者新生活团队公众号文章《逃离东北：一位精障流浪者出走的 10 年》整理，文中陶家富、毛毛、娟儿为化名。）


离家前，曾经有两年，二哥和妹妹一家人生活在一起。那段时间里妹妹盯着他，不给酒喝，天天吃药。二哥会早起晨练，并在回来时给家里买早餐。坏就坏在后来家里给他买了新房子，他住进去后就自由了，一闹心就喝酒，天天喝，也加重了病情。

这次回来，他依然每天吵着要酒喝，不给喝就一直磨叨，喝上就好，每天反复。经过商量，大哥不忍心送他住院治疗，而三妹则咬咬牙狠狠心，晚上给二哥喝点酒、吃了安眠药，等他早晨醒了后，直接把他拉到了医院。

二哥刚去时把护士都给骂了，见到家人来看望也还"作"。

但隔天就好多了，和妹夫在病房唱歌唱了一个小时。妹妹边照顾要高考的孩子，边隔几天为二哥送点零食。

一个多月后，家人把二哥接到郊区的山上，由妹夫陪他，同吃同住。二哥非常喜欢这种远离城市的山居生活，平时监督工人在院子里干干活，还能有点事干。山里不但空气好，还能品品茶，学习修身养性之法，忘记心中的执念和烦恼。

现在，二哥不喝酒，也不主动提出要走，更没再提起在厦门与已死去多年的大姑见面的灵异故事。

二哥出院后的状态让妹妹很欣慰和高兴。她对这失而复得的兄妹之情倍感珍惜。另一件喜事，就是三妹的女儿，她曾经因二哥回来而搬出去备考，最终考上了理想的大学，二哥不但参加了升学宴，还陪着外甥女一起去外地的大学报到。

久违的亲情慢慢滋养着二哥破碎的内心，与妹夫庆生、与家人包饺子等其乐融融的场景，三妹看在眼里，恍惚间，仿佛二哥从未离开过。

未来，妹妹说只要自己活着，不管多难，她都不会不管二哥，打算和二哥一起生活，有一口粥吃就不会饿着他，绝不会让二哥再逃离老家。"不想他死在外头"，三妹说。

# 第九章
## 妈妈包的饺子好吃

常常因为顾及面子，很多中青年流浪人员感觉没有成就，就没有颜面去面对亲人，所以不主动联系家人，甚至故意逃避家人，给家人带来了极大的忧虑和担心，也因此造成家庭支持系统薄弱，形成周而复始的流浪、露宿生活状态。

2022 年 9 月 15 日下午 4 点，位于广州市白云区永泰地铁口附近的三哥深宵美食城提前开档。美食城老板，同时也是让爱回家广州志愿服务总队的队长刘富旺，陆陆续续接待着一批批的"客人"，他们包括广州市救助管理站、市救助管理站救助小分队、白云区救助小分队的工作人员，让爱回家广州志愿服务总队队员，鼎和社工，善得社工。

这些特殊的"客人"都是为了千里寻亲的家属们而来，特别是流浪者阿君的爸爸、舅舅、姨夫、堂弟，他们经过 30 多小时的长途自驾，日夜兼程，即将从东北抵达广州。

2017 年，刘队长开始接触流浪者群体，并长期参与流浪救助寻亲服务，后来成为让爱回家广州志愿服务总队队长。他在广州 11 个区均组建起志愿服务队，现有志愿者 400 多人。该服务队以"工作室＋服务队＋网络平台"三种运作模式相结合的方式，帮助流浪者回归家庭、回归社会，已累计帮助 200 多个家庭找到亲人，并帮助 16 名流浪者在广州就业。

刘队长一边招呼着大家，一边忙着给店里的员工们发语音，为晚上的宵夜生意提前做准备："我今天有点事情，寻亲家属马上到了，5 点钟先去菜市场买点青菜回来，再补充些烧烤佐料和生蚝，一会儿我把清单发给你哈。"

6 点钟左右，阿君的家人到了。刘队长让大家一起坐下来，并向家属介绍了阿君流浪在外的情况。

此时，一个救助寻亲中常见的问题出现了：阿君没有出现在老地方，整整一天时间，他一直没有踪迹。

我是刘富旺，70 后，一名在广州打拼多年的河南人，在家中排行老三，朋友们都喜欢叫我"三哥"。我十几岁时就南下淘金，在广州拼搏了近 30 年，其间做过无数工作，进过工厂，当过服务员和销售员。2013 年，我终于有了一个自己的小店——三哥深宵美食城。

　　我的主业是经营三哥深宵美食城，副业是东莞市让爱回家公益服务中心副会长、让爱回家广州志愿服务总队队长，更是善城广州这座大爱之城里一名普普通通的志愿者，专门为因种种原因而漂泊在广州的流浪者寻找家人。

　　幸运的是，经过多年打拼，我有了一家自己的小店。但每当看到天桥下那些流浪露宿的人，我就会想起自己初来广州的时光，人生地不熟，经常饥一顿饱一顿的，所以我特别想帮助他们。

# 一、千里寻亲：爸爸看到了视频里的儿子

　　9 月 15 日晚 6 点，阿君的家人们终于到达广州。

　　因为鼎和社工团队的王总干事也是东北人，他为阿君的家人一一介绍在场的人："我是鼎和社工机构的负责人王连权，我是黑龙江的。这是刘队，刘队不仅是烧烤店老板，也是让爱回家广州志愿服务总队队长，就是刘队联系上你们的。政府救助部门的救助站、救助队的工作人员也过来了，我们寻亲是不会收家属一分钱的。"

　　其实，我对阿君的行踪了如指掌，我安慰家属说："他平时

的活动范围比较固定，他中午和下午会出现在附近天桥底的小公园，有时在长椅上睡一觉，晚上骑着单车离开。他近期的活动时间、活动地点非常稳定，即使今天找不到，明天他也肯定会出现的，不用着急。"

阿君的爸爸告诉大家，阿君出生于 1991 年，2010 年来的广州，当时家里给他凑了一笔钱，他想在广州做点小生意。早期他还回过两次老家，但 2014 年后就与家人彻底失去了联系。八年时间，家人一直在苦苦寻找他，他妈妈因为思念儿子而生病，身体状况不佳。出发前，妈妈坚持要来，但被家人从车上拽了下来，正在家里焦急地等待着。

"我们到了广州，没看到儿子呢，但政府部门的人和社工、志愿者都在，正在想办法。"阿君爸爸拍了几张现场的照片发给阿君妈妈。前期沟通过程中，阿君爸爸嘱咐过我，先不要跟阿君讲家人来广州找他，担心他心结没打开而再次消失。所以这几天，社工、志愿者只是经常过去看看他还在不在，没有惊扰他，怕他躲避不见家人。

来不及吃饭，家属也顾不上长途跋涉的疲惫，大家围坐在档口里商量找人工作安排，然后兵分三路：第一组由我和让爱回家志愿者李秀明带队，带着阿君的爸爸到附近的派出所查找视频监控，追踪阿君今天的活动轨迹；第二组由王总干事带队，鼎和社工、善得社工和让爱回家志愿者徐锦华、芳芳、张清油、唐军到附近的天桥底、社区公园、网吧、便利店巡查，寻找阿君可能的落脚点；第三组由市救助管理站救助一科副科长李静雯、白云区救助小分队队长林灏带队，和阿君的舅舅、姨夫、堂弟开车到更远处的高速桥底寻找，高速桥底有个流浪者露宿点，偶尔有人露宿在那里，必须过去看一下。

我那是第一次到附近的派出所，经过让爱回家志愿者李秀明的多方协调，了解到家属急迫的心情，派出所民警非常重视和支持我们的工作，查询到了阿君当天的视频资料：他最后的活动轨迹停留在两个多小时前，他骑着单车消失在车流密集的十字路口。

阿君爸爸看到视频里的儿子激动不已，双手一直颤抖着，我情不自禁地把手搭在他的肩膀上，我能明显感受到他的肩膀也在不停地抖动。他马上给阿君妈妈打去电话："看到了，我看到儿子啦！"

我把好消息通知给其他两个小组，所有人会合到视频拍摄到的十字路口，尽管已是晚上8点多，这里车流量依然很大，隆隆的汽车轰鸣声给我们焦急的内心平添了一份莫名的激动。所有人重新分组，以十字路口为中心，分成四个小组开始四处寻找。

然而，希望越大失望越大，直到凌晨时分我们依然没有找到阿君。所有人返回我的美食城档口，我帮助家属联系宾馆，并给大家准备晚餐。这时我才意识到大家还都没有吃晚饭呢。

## 二、相互劝慰："相信明天一定能找到人"

没有找到阿君，所有人都没有什么胃口。我和阿君舅舅年龄相仿，我们两个人喝了几瓶啤酒，降降温，聊了聊寻亲之外的共同话题。9月的广州是一年中最热的阶段，即使是凌晨时分，气温依然在30度左右，热浪滚滚。

现场寻亲和视频追踪都没有找到人，因此安抚和劝解家属成为接下来的工作重点。星夜兼程3000多公里，疲惫、失望、焦虑，家属们的担忧可想而知。

"没有期待中的团聚和重逢，没有给老家翘首以盼的亲人们一个满意的回复，我感同身受。我理解家人们的心情，于是我给家属们看了最近几天拍到的照片和视频，劝慰家属放心，阿君一定还在附近，没有走远。同时，结合平时的救助寻亲案例经验，我也让家属明白寻亲不是一蹴而就的事情，要有耐心。我建议他们先安顿下来，好好休息一下，明天再继续寻找。"广州市救助站救助一科副科长李静雯从事救助服务工作多年，拥有心理学专业背景的她，有着丰富的救助服务经验，经常跟流浪者家属打交道。

当我们后来一起复盘救助寻亲历程时，通过团聚后与家属聊天得知，当时李静雯科长劝慰家属时说："我们政府救助部门一定会帮你们找到他。"加之她作为政府救助部门工作人员的公信力背书，起到了"定海神针"的作用，让家属们放了心。听到有这样的分析和保证，三位家属终于放下了思想包袱，在凌晨2点多入住宾馆休息。

临行前，阿君爸爸录了一段大家在一起吃饭聊天的视频，发给远在东北的亲人，叫家人放心："不用着急啊，现在救助站、救助队的政府工作人员和社工、志愿者都在呢，一定能够找到孩子，你们早点歇息吧，我们现在去宾馆。明天，明天等着我们的好消息！"

听着阿君爸爸的话，我心里不免五味杂陈，明天能找到吗？如果明天找不到，又该怎么安排家属呢？家属们那殷切期盼的眼神和渴望见到失联家人的神情，我们又该如何面对？家属们的信心就是我们，我们就是他们的底气。然而，望着家属们远去的背影，我却没有阿君爸爸那样的信心。

我回想着和阿君几次见面的情形，分析着和他沟通的每一个细节和他每个细微的动作和表情，判断着今天他没出现的原因。他是不是觉察到了什么不对？是不是我们惊动到他了？他是不是去别的地方了？或者，是因为其他原因，他今天没出现。

经过反复思量，我相信我们没有惊动到他，应该是有其他原因。这样的话，他明天应该会出现，想到这里，我消失的信心又一点点恢复，相信他明天一定会出现。

自 2017 年参与流浪者救助寻亲工作以来，我已经帮助几百个家庭成功找到了亲人，经常见证亲人相见喜极而泣的场面，这样的情形，我经历了很多次，绝大部分的寻亲结局都是皆大欢喜的。

2020 年 9 月，一对来自河南的年轻夫妻开车来广州，准备接叔叔回家，也是迟迟找不到人。经过两天两夜的奔走和四个派出所的持续视频追踪，最终在离发现叔叔的地方 20 公里外找到了他，一家人得以团聚，踏上了回家的路途。

而再往前回望，2016 年 9 月的一个寻亲未果的案例让我记忆深刻。当时，一位来自西北的中年女性来到广州寻找走失的哥哥。她通过救助站的工作人员和鼎和社工机构的介绍联系上我，我们在广州的知名景点陈家祠见面。

　　她在网上看到有人发的流浪者照片，特别像她失联了几年的哥哥，所以义无反顾地来到广州。经过反复比对，我们确信视频上的人很可能是她的哥哥。两个月前的网上信息显示，她哥哥在陈家祠附近出现过。

　　我马上联系了鼎和社工、暖加公益、厚德公益、乐助公益等几家救助寻亲公益团队，组织了几十人拿着照片持续寻找了半个多月，但依然没有找到人。或许，她哥哥已离开广州；或许，那个人并不是她哥哥。

　　但她依然不愿放弃，又在广州待了几个月。直到 2016 年底，她才依依不舍地返回了老家。

　　虽然已经是凌晨 2 点多了，但我还是很快找到了她的微信，她的微信虽然没有写具体的名字，但我写了一个特别的备注——"寻哥的妹妹"。

　　我迫不及待地给她发去微信："实在不好意思，这么晚打扰了，我是广州的志愿者，2016 年底帮你一起找过你哥哥的。我今天也在帮助其他家属寻亲，就找到了你的微信，想问问你哥哥后来找到了没有啊？"

　　神奇的是，"寻哥的妹妹"马上回复了："还没有，太多年了，他又是成年人，家里人都累了！"曾经那个执着的妹妹，消失不见了。

我想了想，平复了一下五味杂陈的心情，回复道："好的，明白，打扰了。"

我把聊天记录发给鼎和社工团队的王总干事，他也参加过那一次的寻亲。此刻他正在回家的路上，他安慰我说："不用担心，好好打理你的宵夜生意，明天啊，相信明天一定能找到人。"

"救助一人，幸福一个家庭。"这是我经常与我们团队志愿者伙伴们共同勉励的一句话。而在实际救助寻亲过程中，我常常也会看到一个家庭，为了一个流浪者的归家之路，而不堪重负、心力交瘁的情形。

作为一名志愿者，我无权去指责那些因种种原因而"放手"的流浪者的家人们。我不能苛求尽善尽美，因为每一个人的能力都是有限的，在有限的能力范围内量力而行，已经足矣。也许，得知流浪者还活着，已足以能慰藉其家人牵肠挂肚的心了。

# 三、烈日当空："守株待兔"式的蹲守

第二天，根据以往的寻找经验，我们迅速调整了找人思路，不再像大海捞针一样四处去找，而是采取"守株待兔"式的蹲守策略，集中人手，守在阿君经常出现的天桥上和天桥底下的小公园。

在蹲守的同时，我继续负责视频追踪联系。前一天，我加了派出所负责视频追踪的警官微信，每隔一两个小时，我就会"骚扰"他一次，问有没有阿君的视频活动轨迹。警官特别有耐心，每次都很快回复，但结果都是同样的：没有发现活动轨迹，发现后马上通知你。

中午时分，我和阿君舅舅开始有些着急了。我们在吃中饭之前走了半个小时，边走边拿着照片问附近的档口老板，看有没有人今天见过阿君。最终在更远处的城中村，见到一家东北饺子馆，我俩走进去，点了两份酸菜水饺。聊天中得知店老板也是东北人，我便拿出阿君的照片来，问老板有没有印象。

老板只看了一眼，就说对他有印象："这个小伙子差不多有一米八，高高瘦瘦，总来我这儿吃饺子，今天一早来过，还喝了一瓶啤酒，他说他是吉林的，最喜欢吃饺子。"

我一听大喜，再次让他确认照片上的人是不是阿君，老板非常肯定地告诉我："没错，肯定是他，错不了。"得知阿君早上还在饺子馆吃饺子、人还在附近的最新消息后，阿君的舅舅马上通知了其他家人。

阿君的爸爸和堂弟马上赶了过来，即使已经吃过午饭，阿君的爸爸还是点了几份饺子，接着跟店老板攀谈起来。我也给其他志愿者伙伴打了电话，告诉他们阿君就在附近。听到这个消息，大家的疲惫和不安瞬间得到有效缓解，都深深地松了一口气。

9月的广州，中午时分，热浪滚滚。我和其他队员依然顶着炎炎烈日不停地寻找阿君，而我还得劝阿君的家属回酒店休息。我知道，北方人一下子不能适应广州的天气。他们从东北来广州，温差十几度，广州的炎热是他们难以接受的。我把四位家属送到宾馆楼下，反复嘱咐他们要听我的电话，再出来会合。

　　我顺便在楼下的小卖店买了一盒烟，说实在的，我平时基本上不抽烟。但此刻我有点困了，是非常非常困的那种，因为按照正常的作息时间，这个时间点我应该在睡觉。宵夜档一般都是在凌晨五点左右才收档，在家简单收拾之后，我一般都在六点以后才开始休息，一直到下午四五点才起床。

　　此时，头顶炎炎烈日，正是一天中最热的时刻，气温接近40度，炽热滚烫的地面经过长时间的暴晒，散发着阵阵灼人的气息。路边的树叶一动不动，空气似乎凝固了。总之是非常闷热。

　　我下午的蹲守点是一座横跨国道的长长的天桥。路旁有一棵粗壮的参天大树，伸出几处密密的枝杈，在天桥一端形成了一块难得的阴凉之地。虽然只是一小块稀疏的阴影，但我已经特别知足了，我坐在阴影里，不停地四处张望，眼睛扫视着每一个过路的人，生怕自己错过了阿君。

　　在我眼睛看得酸酸的时刻，突然发现远处走来了一个人，仔细一看，却发现是阿君的爸爸，我看着他出现在天桥的另一头。此时，天空骄阳似火，刺眼的阳光火辣辣地倾泻在他身上。阿君爸爸60多岁，典型的东北人，身材挺拔、高高瘦瘦，一双大手布满厚厚的老茧，与人握手时特别有力。

　　他拿着伞，却没打开伞遮阳纳凉。也许他担心小小的伞会阻碍他去发现一闪而过的儿子。在救助寻亲的过程里，爸爸来接领孩子的情况少之又少，大多都是兄弟姐妹过来。

看到这情景，我不忍心打扰他，却也担心他的身体。于是我给阿君舅舅打去电话，叫他委婉地提醒一下阿君的爸爸，让所有的家属安心在宾馆休息，暂时不要出来，以免被阿君发现反而躲起来。几分钟后，我看到阿君的爸爸接到一个电话，然后他朝宾馆的方向走去。一会儿，我就收到阿君舅舅的信息，说阿君爸爸已经回到了宾馆。

这个时候，我问鼎和社工团队王总干事在哪里，得知他正在附近的另外一座天桥上蹲守着。他那里就不像我这样好运了，他没有大树遮阳，只能靠雨伞撑着，我和他一直保持联系。我们都在考虑着同一个问题：如果今天找不到人，下一步该怎么和家属说，怎么安排四位家属。

其实，在街面救助寻亲中，我经常面临着一定的价值观与伦理困境：为流浪者寻亲，要不要征得流浪者本人的同意？而联系上家人之后，要不要告诉流浪者本人？

多年的实践过程中，我慢慢摸索，学会了"察言观色"：对于那些比较好沟通的、有迫切寻亲需求的流浪者，我会先征得本人的意愿，再开展寻亲工作，联系上"疑似"家人之后，再安排双方电话及视频确认；而对于对寻亲比较排斥、不愿意透露个人信息、挣扎在风餐露宿的困境而无法自拔的流浪者，也就是人们常说的"死要面子活受罪"类型的，我会先想方设法联系上其家人，再由家人来决定。

阿君的情况就属于后者，家人担心他"落荒而逃"，所以我无法正大光明地跟他讲："等着啊，你的家人来了。"这也导致我们所有人此时的心情都是心急火燎的。

# 四、久别重逢：吃上妈妈包的饺子

很多时候，惊喜总在不经意间来临。阿君爸爸刚回到宾馆不久，阿君就出现了。我看到他骑着单车，穿过人行道，把单车停在了天桥底，缓缓坐在阴凉处的椅子上。他使劲揉着眼睛，接着靠在椅子上，身上依然穿着两天前的黑色 T 恤。

"来了！在老地方！"我远远拍了一张照片，发到寻亲群里。四位家属马上回应："盯紧了，跟上去，我们马上到，看好啊，别让他跑了。"

四位家属连续开车，中途没有休息，必然已疲惫不堪。但此时，四个人并没有真正休息，一直在等待着这一刻。

我下了天桥，走到阿君附近，紧紧盯着他。由于我跟他正面接触次数不多，他没有认出我。他没有像往常一样停留很长一段时间，只是在长椅上坐了一下，就站起身，推着单车，往我的美食城档口方向走过去。我跟上去，不停地告诉大家他现在的位置。

他越走越快。我只能急中生智，紧走几步赶上他，用力拉了拉他的单车，跟他打招呼："帅哥，你好，我是对面三哥宵夜店的老板，我看你最近总在这附近，是不是想找个工作？我店里缺人手，要找几个人应急，包吃包住，待遇面谈，你可以先到店里看看环境。"

他先是满腹迟疑地看着我，犹豫了一会儿，应该是在判断我是不是骗子。

"别担心，你看，就在对面，真的是招工困难，不然我不会在路边找人的。"看到我手指方向的美食城就在对面，他接过我递过去的烟，跟着我来到档口，忐忑不安地坐了下来。

"档口做宵夜，还没开门，你先抽根烟吧。"我给他点上烟，他将信将疑地望着我。

"听你口音好像是东北的吧?"他终于缓过神来，问我道。

"我是河南的，但总跟东北人在一起，所以口音有点东北味儿。你呢?"我只能装作不知道他是东北人。

"我是吉林的。"他拉了拉 T 恤的衣领。

他的疑惑还没消除，我在考虑接下来该聊些什么，这时，他的爸爸、舅舅、姨夫和堂弟如同"神兵天降"一般出现在他面前。他一下愣住了，实在不敢相信眼前的一切。

面对着紧紧抱住自己的爸爸，他一个劲儿地问："你咋来了?你们怎么知道我在这里?"他极力克制着自己的情绪，但委屈、愧疚的泪水却一下子涌了出来。

原来，他在外打工和做生意都不顺利，强烈的自尊心让他不好意思联系家人，久而久之，他更加不愿意叫家人知道自己的现状。尽管流浪露宿了很长时间，他始终没有勇气拨打家人的电话，而是抱着过一天算一天的心态四处漂泊。

常常因为顾及面子，很多中青年流浪人员感觉没有成就，就没有颜面去面对亲人，所以不主动联系家人，甚至故意逃避家人，给家人带来了极大的忧虑和担心，也因此造成家庭支持系统薄弱，形成周而复始的流浪、露宿生活状态。

见到他，大家兴高采烈地拥着他往宾馆走。他舅舅一直用手臂紧紧搂着他的胳膊，一方面是因为喜悦，另一方面可能是担心他突然跑掉。

在中午吃饭时，我给他舅舅讲了一个"得而复失"寻亲故事：一名广东湛江的 90 后小伙子，因家庭矛盾而在外流浪数年。一次，我探望露宿人员时遇到了他，得知他的家庭地址后，我偷偷帮助他联系上家人，他的姐姐、姐夫从老家赶到广州，找的过程很顺利，在珠江边小公园见到他时，他正在石凳上睡觉呢。

对于姐姐、姐夫的到来，他没有表现出抗拒的情绪，甚至夸赞起姐姐家新买的汽车有派头，三个人有说有笑地坐上车，摇下车窗，跟我们挥手告别。然而，不知道什么原因，在车上，姐夫大声数落了他几句，他突然拉开车门，从缓缓启动的汽车上跳下来。在大家的错愕中，他像一阵风一样跑进了附近的巷子里，自此，我再没有遇到过他。所以我叮嘱阿君舅舅要和家人讲，千万不要骂阿君，有什么事等过一段时间他平复下来再说。

功夫不负有心人。在大家小心翼翼的开导下，阿君在宾馆洗漱一新，换上了崭新的衣服。他随着亲属来到我的宵夜档，和父亲一起给我送上了一面锦旗。随后，他跟着父亲和一众亲人踏上了返乡的路途，终于了却了一家人整整八年的牵挂，也再次吃上了妈妈亲手为他包的饺子。

## 五、跟踪回访："生活不易，都好好珍惜吧。"

阿君顺利回家后，我对他进行了几次跟踪回访，得知他已办理好身份证，正在规划未来的生活。按照我们团队救助寻亲的惯例，对于高龄长者、流浪精神病人、流浪未成年人、流浪家庭等特殊案例，在完成救助寻亲后，我们会持续进行跟踪回访，有的几个月，有的几年，也有的持续至今。而对于中青年流浪群体的救助寻亲成功之后，我们团队跟踪回访的时间较短，因为我们不应过多打扰他们正常的生活状态。

一周之后，基于惯例，我解散了阿君的救助寻亲群，群里面有家属，有救助站、救助队工作人员，有社工和志愿者。阿君的家人再次向我表达了谢意。同时，来自广东、辽宁、吉林三地的让爱回家志愿者也约定下次网上寻亲时再见。

让爱回家团队注册成立于 2017 年，总部在广东省东莞市，是全国知名的救助寻亲志愿团队，在各地注册与备案了 68 家工作室、235 支服务队，拥有 2 万多名志愿者，区域寻亲群达 350 个，帮助了 9 000 多名流浪者回归家庭。让爱回家团队主要采取逆向寻亲方式：由志愿者在流入地（流浪者所在地）寻找正在流浪乞讨且需要寻亲的人员，利用政府资源、社会资源和互联网平台，在流浪者的流出地（流浪者户籍地）寻找其亲属。

阿君的这次寻亲，让爱回家广东、辽宁、吉林三省和广州、东莞、沈阳、长春、榆树五地的志愿者团队骨干全程参与。阿君的家人正是通过让爱回家辽宁分会会长李东辉等多方努力，由吉林当地的让爱回家志愿者上门走访，才最终找到。

这也再次证明了流浪者户籍地志愿者的积极参与至关重要：一是可以快速甄别相关信息，找到家人；二是能够给家属带去安全感，避免他们因怀疑遇到了骗子而犹豫不决。不久后，因为另一位东北籍贯流浪者的寻亲，我再次联系了让爱回家辽宁分会会长李东辉，因为寻亲暂时没有结果，所组建的寻亲群至今仍然保留着。

家属怀疑遇上骗子的事情屡见不鲜。不仅是志愿者团队，专业社会组织也同样会面临这样的尴尬时刻。在一次救助寻亲分享交流中，鼎和社工团队分享过一个案例：因为家属怀疑他们是骗子，他们只好把家属约到派出所见面，以打消他们的种种顾虑。

那天是 2016 年冬至，事情缘起于残疾流浪者纪叔的寻亲。因为车祸致残以及家庭变故等原因，纪叔离家在外 22 年，靠乞讨、拾荒、露宿过活。征得他的同意后，鼎和社工团队很快为他联系上他的弟弟和侄子，双方通过电话和视频相认后，家人一直说要到广州来接人，却迟迟没有过来。

冬至那天下午，鼎和社工团队接到了纪叔侄子的电话，说他和他爸爸到了广州，问可以在哪里会合，也终于说出了他们最大的疑虑：怎么证明你们不是骗子？

鼎和社工团队叫家属直接去纪叔的露宿地，他们可以不用过去见面，但家属还是感觉心里没底。最后，鼎和社工团队把见面地点选在了办公室附近的派出所。很快，双方在派出所大厅碰面，在跟值班民警讲明情况后，民警感觉莫名其妙，更感觉责任重大。于是，民警留底了鼎和社工团队的营业执照复印件，并复印了现场社工的身份证和工作证。在民警的见证下，家属安心地见到了纪叔，并一起回到了安徽老家。

我个人也有一个习惯，解散后的救助寻亲群我不会删除，而是保留着全部内容。此时此刻，当我回望阿君的故事时，那些过往占用手机有限内存空间的"焦虑"，反而帮助了我，让我能够回忆起更多的瞬间，以及那些瞬间里并未渐行渐远的温暖、感动和爱。

"生活不易，都好好珍惜吧。"再次翻阅两年前寻亲交流群里的信息时，让爱回家辽宁分会会长李东辉的这句话，真切地表达出了我们寻亲志愿者的心声。（以上根据让爱回家广州志愿服务总队队长刘富旺口述访谈资料及让爱回家广州志愿服务总队2022年度服务档案整理，文中阿君、纪叔为化名。）


"八年了，还是这个味道。"

"妈妈包的饺子好吃！"

2022年9月18日，距离广州3 000多公里的吉林，一个鸡犬相闻的村庄里，一处错落有致的屋顶正升起袅袅炊烟。漂泊八年的阿君刚刚到家，他没顾得上洗一把脸，就一口气吃完了妈妈亲手包的一大盘饺子。

往返广州，驱车60多个小时，接他回家的爸爸、舅舅、姨夫、堂弟，目不转睛地盯着他狼吞虎咽的吃相，妈妈一边抹着眼泪，一边看着八年没见的儿子。一家人疲惫的神情里洋溢着欣慰的笑容，满屋子充满喜悦的氛围。

让爱回家广州志愿服务总队联合广州市救助管理站、市救助管理站救助小分队、白云区救助小分队、广州市鼎和社会工作服务中心和让爱回家辽宁、吉林两省的志愿服务团队合力跟进的救助寻亲故事，终于画上了圆满的句号。

让爱回家广州志愿服务总队队长刘富旺经常自嘲："我把副业做成了主业，我应该是烧烤店老板里寻亲水平最高的，也是寻亲志愿者里烧烤水平最高的。"

几天前，当阿君的家人兴奋地到达广州的时候，刘队长正闹心着呢。闹心跟他的主业有关，因为疫情等多重原因，他的烧烤店收入断崖式下滑，面临着随时关店乃至破产的困境。每个月几万块的房租和一大笔人员开支成本，压得他喘不过气来。重压之下，他咋办呢？他会不会也去流浪啊？

吉人自有天相。这句话适用于阿君，也同样适用于刘队长。阿君顺利返乡，了却了一家人的牵肠挂肚。阿君返乡后第二天，刘队长终于迈出了化解压力的第一步：把二楼店面转租给他人开美容美发店。紧接着，刘队长又把一楼的绝大部分店面分租为三个店面，他自己只保留了一部分做烧烤。

如今，刘队长的经营压力小了，生意却越来越好。真心希望刘队长的主业越来越好。他的主业好了，才能投入更多的精力去干副业，去帮助更多的流浪者。

2024年9月19日，刘队长的宵夜店再次见证了一个团聚的时刻。

中秋佳节期间，让爱回家团队为露宿者派送月饼时遇到了一位大叔，他说想办理身份证，但他只有第一代身份证号码。经过了解，才知道他20多年没回过家了，刘队长联系上大叔家乡的村干部，得知他家人寻找他20多年了，他母亲去世前留下遗嘱：叮嘱他的哥哥和姐姐一定要找到他。

听到有他的消息后，他哥哥和姐姐激动不已，立刻安排他的侄子和外甥赶来广州接他回家。有别于阿君寻亲历经的一波三折，这次的寻亲在凌晨时分就完成了团聚。同时，刘队长担任了摄影师角色，为大家拍大合照。

"眼睛再睁大点。"

"看这里，笑一笑嘛。"

"来，一起为生活点个赞!"

但行好事，莫问前程。刘队长充满笑容的脸庞，越看越觉得和善，善事做多了，人也变得和善了。一切都是最好的安排，遇见的都是天意，拥有的都是幸运。

# 第十章
# 让救赎的老人活下去

　　我拉着老人去到操场，了解到老人今年 75 岁，身体不好，血压高。我劝导老人，为了两支烟不值得吵，伤了身体划不来，并承诺等他离站，我送一盒烟给他。

2009 年 11 月，东莞市救助管理站以政府购买服务的形式，引入了东莞市大众社会工作服务中心在站内从事流浪人员救助工作，展现了专业社会工作参与流浪救助的优势。

2014 年，为解决日益增多的街面流浪人员问题，东莞市救助管理站再次向东莞市大众社会工作服务中心购买了街面救助服务，即"街角曙光"项目，该项目也被通称为外展救助项目，并一直持续至今。

"街角曙光"项目面对全市街面流浪人员，这些流浪人员主要以打零工为主，捡废品为辅。"街角曙光"项目通过"政府＋社会组织＋志愿者"的工作模式运行，以救助站为平台，每天到全市街面救助流浪人员，宣传救助政策，提供生活物资，建立救助档案，劝导流浪人员进站救助，开展救助寻亲、心理辅导、家庭关系重构、协助重返工作岗位和"寒冬送温暖""夏日送清凉"专项救助行动。

熊军民是东莞市大众社会工作服务中心项目主任、社工督导、社会工作师、国家二级心理咨询师。他从 2013 年 3 月起在东莞市救助管理站开始救助服务至今，是在全国社工圈子里做流浪者救助工作时间最长的人。

2022 年 10 月，鼎和社工团队联合广州大学、华南师范大学、广州志愿者学院的专家学者，共同编著了《新时代中国社会救助：社会力量参与流浪乞讨人员救助服务研究》一书。鼎和社工团队联系了熊军民约稿，请他以救助社工的视角写一篇救助故事，他很快写了篇很有温度的故事——《我参与流浪人员救助工作的心路历程》。

我是东莞市大众社会工作服务中心的项目主任熊军民。这个救助案例虽然已过去几年，但现在回想起来，如在昨天，老人的形象时常在我的脑海中无意识地闪过。现将这段经历讲述给大家，呈现出我工作生涯中一段奋力拼搏的身影。

# 一、冲突初起

2018 年 3 月 26 日上午，阵阵吼喊声充斥着救助站内成年男性生活区，伴随着解释声与劝导声，我本能地小跑过去，发现一个瘦高个的大爷站在院子里的暖阳下，冲着门口的一群人叫喊，但人群中无人回应他。

救助站的两位工作人员站在老人身旁，耐心地劝导老人："算了，算了，没多大的事，不要伤了和气。"

老人意难平，见到我走过来，便找我评理："就是那边那个流浪的，在救助站外面的时候，讲好的价，一支香烟一元钱，我卖了我的两支香烟给他，他跟我一起抽完烟后，说没有钱，等晚上有钱了再给我，结果一去不回。我现在进了救助站，发现他也在站内，于是找他讨说法。他没有钱，说几句好话我也算了，我也不是不讲道理的人，他不光是不给钱，还说不认识我，说我污他清白，我要是年轻，非给他两耳光。"

我拉着老人去到操场，了解到老人今年 75 岁，身体不好，血压高。我劝导老人，为了两支烟不值得吵，伤了身体划不来，并承诺等他离站，我送一盒烟给他。现在，站内为了安全，规定不准抽烟，不然，我现在就送给他一盒。老人听后安静下来，返回去晒太阳，下午，他申请出站了。本以为此事就这样过去了，哪知道，故事才刚刚开始。

# 二、寻个寂寞

我查询了救助档案，老人于 2018 年 3 月 23 日被警方送到救助站，以李明的身份信息登记入站，广东人，1954 年 4 月 15 日出生。

3 月 27 日晚，也就是吵架离站一天后，老人再次被警方送来救助站。当晚零时，老人因"脑溢血、陈旧性脑梗、高血压、肋骨骨折、股骨骨折、乙肝"等病因，被救助站送医治疗。直至 2018 年 11 月 29 日，老人住院长达 243 天。自老人进站以来，救助站花了九个月的时间核查其身份，但一无所获。

首先是电话寻人，但查无此人。老人的二代身份证能正常过验证机，说明身份证真实有效。我联系上身份证所在地的村干部得知：李明已去世，老人非当地居民。我倍感意外，再次去医院面询老人，老人坚称自己是广东省人，很早就离村外居，村干部年轻不知道他。

我再次请村干部去身份证信息上的居民小组确认，并询问左邻右舍是否弄错了。村干部回复：他已找到李明的遗孀核实了，身份证上的人员头像不是她老公，她老公五年前已去世，救助站内的老人系冒充。

为了查清真伪，我做通老人的思想工作，让他与村干部直接通话。通话现场，老人全程用普通话，对我提出的用家乡话回电的要求没有反应。通话后，村干部再次确认，他用当地方言与老人对话时，老人听不懂也不回复，认定老人不是本地人。

然后是实地走访，但仍然查无此人。当老人再次确定自己的身份证真实有效后，我将情况上报给救助站领导，救助站决定派人去身份证所在地实地走访核查。我们一行人先去了当地派出所，出具了介绍信，派出所很配合地做了鉴定：名字、身份证号码、地址均为当地人李明，但此人已离世，户籍于五年前被注销。经派出所人脸比对，老人有效身份信息比对不上，疑似无户籍人员。

一行人再去李明家中走访时，李明的遗孀和村干部接待了我们，还没有等我们自我介绍完，对方就肯定此人不是李明。李明的遗孀哭了，我们一行人安慰她后便告辞了。据李明的遗孀反映，李明长期在外做生意，很少返乡，她长期在老家照顾老人和孩子，没有外出。她听老公活着时说过，他有一个生意伙伴，叫什么名字忘记了，跟救助站内老人年纪相仿，但她没有见过，不知是不是他。一行人铩羽而归。

当李明在深圳做生意的儿子听说他有个"活着的爹"在救助站，特意来站看望老人。为防意外，我向他讲明了老人的身体状况，并请他隔着窗口辨识老人。他看了一眼就回复说不是，之前也没有见过老人，他要报警解决。我请他暂缓，答应把查到的结果通知他，他才悻悻地离开。

# 三、查无此人

老人返站后，我们再询问他的身份，他以"记不清"为由，拒绝回复，寻亲工作受阻。2019 年元旦后，老人再次因脑溢血被送医治疗。根据相关救助法规，老人头脑清醒、精神正常，写得一手好字，讲故事一套一套的，属故意隐瞒户籍信息，依照政策法规，应停止对其救助。但鉴于他年老、病重，出于人道主义关怀，救助站报请上级部门批准，仍继续对其实施救助。

要想查出老人的身份，我决定采取如下操作：先建立信任关系。通过走访面谈，我尝试理解老人的早期经历，接纳他的过往，从而增强信任关系，解除他的疑虑。遵循建构理论，我倾听他自我建构的世界，并适应他对自己的生命建构。同时，我会引导他面对现实，不再过"大隐于市"的生活。

在救助站的支持下，我与护工、保安、医护人员保持沟通，密切关注老人的身体状况，强化管理人员和医护人员的责任意识，保障老人的生命质量。

老人结束就医回站后，不能行走，只能坐轮椅行动了。每次找他聊天，我都会先把他用轮椅推到办公室，用好茶招待他，不直接问他的姓名、户籍，而是先聊他的工作和生活，听他回忆他曾经开公司的经历，慢慢获得了他的信任。

建立信任关系后，核查身份信息并促进其回归主流社会成为我的工作重点。在安静轻松的环境下，我倾听他的生命故事，不批判、不评价，引导他打开心结，说出真实的户籍信息，再联系他的亲人为他提供安全养老环境，帮助他返乡。

之后多天，老人主动找我寻求帮助，比如轮椅坏了、防滑垫掉了、衣服和床上用品脏了，等等。同时，我和护工帮助他洗碗、洗漱、换衣、上下床、出宿舍活动、处理失禁的大小便等。后来，老人很愿意向我讲他的人生经历，并主动要求见我。

一次面谈中，老人说出了自己的身世：他本名叫陈军，1944年9月29日出生，现年75岁。他说他家祖屋在F省C县老县城街中心，祖屋很大，父亲曾经担任过领导干部。

他年轻时读过高中，20世纪60年代高中毕业，是当时稀缺的人才，但由于种种原因，无法读大学。虽然是城市户口，但没法给他安排就业，于是，他便自己出来做生意。

他自称办过第一代身份证，没有办二代身份证。他说他40多岁才结婚，老伴八年前去世。结婚后，他生养了四个孩子，三男一女，因超生，上户口要交社会抚养费，他为了不被罚款，所以没有给孩子们入户，四个孩子都没有户口。他说他很想家，不想住在外面。他说他一辈子都在做生意，在改革开放前就开始做生意，是当地的大能人，曾经风光无限。

改革开放后，生意做得就更大了，各地领导都主动找他，陪他吃饭，请他去当地投资。现在老了，没有料到高血压这么厉害，导致老来中风，不能走路，变成了这个样子，很伤心。我对他表示了共情。

在长期的跟进中，老人讲述了自己因涉及税务、与合伙人的财务问题，被收监，出狱后再开公司的经历。我借机引导他反思儿时的家庭经历对他的人生观、工作观和生活观的影响，并请他接受现实，重新选择全新的生活方式。

我马上致电老人所说的户籍地政府进行核实，两天后，当地政府回复有人认识老人，但他没有户籍记录。为了核查户籍信息，我再次致电当地派出所，户籍警员回复，在公安系统中查不到老人的身份信息，无法证明他是本地人。

# 四、迷雾重重

我理解老人落叶归根的想法。为了满足老人回家的需求，鉴于老人户籍不明，按政策，老人必须重新办理户口，当地相关部门才能接收，救助站才能送老人回去。鉴于老人只能坐轮椅，无法独立行走，要想恢复老人的户籍，就得找人帮忙跑腿：需要有人证明，需要当地村委、民政部门出具证明，再到当地派出所申请上户。户口恢复后，他才能享受到相应的政策照顾。

几经辗转，我找到了老人的堂哥。对方很爽快，承认自己是老人的堂哥，并确认老人就出生在本县，他们从小一起长大，但他堂哥已 80 多岁高龄，行动不便，帮不了老人。我提议让老人的儿子回来给他恢复户口，并接老人回家住。但他堂哥说不知道老人儿子的电话，也不愿意与老人通电话，认为说了也没有用。

此线索断了。

通过老人的记忆，我拿到了老人三个儿子、一个女儿的电话，分别打过去，都能打通，但他们对于是否为老人的子女不置可否。等我介绍完自己的身份和老人的情况后，四个人很一致：挂断电话。我再打过去，发现我的电话已被他们拉黑，显示无法接通，都是忙音。此线索又断了。

再次通过老人的记忆，我拿到了老人两个侄儿、两个侄女的手机号码，白天能打通，无人接听。于是我晚上十点以后再打，还是不接。打了两周后，终于有一个侄女婿接了电话，对方承认老人是他的亲人，但他们两家已有十多年没有来往，不知道老人家里的情况。他确认老人有四个孩子，老伴还在世，并非如老人所说的去世了八年，他也没有老人孩子的电话。

他劝我不要去找老人的孩子，找到了也不会认他。老人在孩子很小的时候就弃家而去，没有尽到父亲的责任，所以现在孩子也不认老人。我多次请他帮助老人恢复户口，对方说管不了，帮不上忙。说完就挂了电话，之后再联系，电话也被对方拉黑。此线索也断了。

当我平静地告诉老人寻亲的结果时，老人沉默了。他告诉我，他以前的公司在深圳，公司的座机号他记得，大儿子现在是公司的总经理。但这是三年前的事了，他三年没有回过公司，但坚信公司还在。

我打他提供的公司电话，打通了，但无人接听。我分白天和晚上、周末和平时上班等不同时间拨打，都无人接听。老人提议让我护送他回公司，找到他大儿子或公司的员工，他们一定会收留他。我报请站领导批准后，在一个周三的上午，租了一辆商务车，和同事一起推着坐在轮椅上的老人前往他深圳的公司。到了公司门口，大门紧闭，里面无灯光，空无一人，门口也没有牌匾。我到楼下问询小区保安，得知以前是有个公司，但两年前已关门，人都离开了。此线索再次断了。

正当老人的寻亲之路陷入困境时，我突然接到F省J县法院发过来的公函，电话也打来了，法警告诉我，老人是他们法院的追逃人员，曾被起诉过三次，服刑一次，现在是追逃状态。法警称，他们已通过DNA比对确认了老人的身份，其名叫陈林，1944年9月29日出生，户籍地为F省W市农械厂宿舍，曾在L市监狱服刑。

法警说，老人出狱后没有去公安部门恢复户籍，一直以其兄弟的名字和李明的身份工作和生活。法警提供了老人的身份证号码，请救助站不要放走老人，他们将于次日到达。我一头雾水：老人现在有三个名字，李明、陈军、陈林，以及三个身份证号码和三个户籍地，我无法确定其真实身份。

一天后，我接待了F省J县的三位法警，法警带来了传票。他们前后给老人录了五个小时的口供，因涉密，警方要求我回避。事后，警方与我告别时称，老人有诈骗行为，但由于老人身体弱、年迈，他们不打算将其带回当地。警方说，次日他们还要去医院查询老人的医疗信息，报上级决定对他的处置办法。此后，他们再也没有联系我，我多次追问，对方回复暂由广东这边的救助站照顾老人。

与此同时，我接到 F 省 Q 市公安局的来电，对方详细地询问了老人的各种情况。他们表示老人在他们公安局有案未结，也知道 F 省 J 县法院有人来站调查，公安局不过来现场调查老人，只是向我核实老人的情况。同时，那边也和老人进行了长时间通话，讲的是本地方言，我一句也听不懂。

# 五、多方联络

一连串的事件，将老人想回家的愿望推入谷底。他对我说，他想回到老家的福利院养老，在外面不自由，吃饭睡觉都不安稳，心烦，甚至想自杀。我安抚了他的情绪，理解他的苦处，告诉他，因其无户籍，需待户口恢复后才能送返，不然当地部门不接收。要恢复户口，需要他有亲人出面帮助，且必须他本人亲自回去照相、采集指纹，以证明他本人仍然健在。他表示理解，并请我帮助联系他老家的公安局，解决户籍问题。

救助站发公函给当地相关部门，请求接收老人，但均被拒绝。理由只有一个：没有当地户口。我再次联系 F 省 C 县的法警，希望能给老人出具有关户籍信息证明，帮他恢复户口。然而，得到的答复是：此地早已拆迁，以前是劳改农场，不是居民区，他们也找不到老人的户籍档案，无法提供帮助。

我转而询问老人，到底哪里才是他的正式户籍地？他肯定自己在 F 省 C 县出生长大，并拒绝再联系 F 省 W 市。我又联系了老人小时候生活过的镇政府，工作人员回复我：他认识这个老人，但老人不是他们本镇人，他本人快退休了，阅历丰富，是土生土长的本地人，对本镇人很清楚。他知道老人小时候是流浪儿童，被一个老中医收留，这位老中医就是老人所说堂哥的父亲。老人在当地没房子和户口，后来去了县城，因此镇政府不能接收老人。

我将情况回复给老人，老人说，他以前认识一些当地领导，让我再联系C县的户政人员。户政人员回复说，老人在当地没有房子和亲人，不能接收，无法帮他办户口。两年前，老人的儿子也曾来窗口为老人办理户口，没有办成。老人在乡下住过，后来搬到县城，再后来，不知去了哪里。

户政人员很清楚老人的情况，多次与老人打交道，认为老人没有讲实话，他到底是哪里的人还是未知数。老人曾两次到她的窗口办理户口，但都没有成功，第一次是以深圳大老板的身份回去的，因信息不对，没有办成。第二次是由一个最小的儿子陪同，老人的小儿子在她的办公室哭着请老人说出真名和真地址，但无果。

户政人员曾花了很大气力帮助老人办户口，走访了几个地方，发现老人所说的都不真实。老人曾多次冒用他人名字办身份证、开公司，有多次诈骗、追逃事件，几个法院判决书的名字、身份证号码都不相同。我见没办法再交流下去，便请求让老人直接与她通话，但没被允许。

老人生活在站内，由于身体原因，经常被送医。因生活不能自理，吃饭、清洗餐具、穿衣、穿鞋都要人帮助，洗澡要有两个人护理，出行至少要有两人扶上轮椅，大小便失禁，每天要洗换多次衣服，需要专人护理。每天还要量三次血压、观察身体状况、送药、监督吃药。在此期间，救助站给予了老人极大的帮助。

我从中协助，缓解照顾者的情绪，对他们工作的意义给予肯定和支持。老人记忆力惊人，能记住数十个亲人、朋友的电话号码和其准确的生活地点、工作单位、家庭门牌号。我报请救助站，让他随时能用公务座机对外通话，让他保持与外界的沟通，减轻心理压力。同时，老人因身体状况变弱且长期住在站内不能返乡，产生了负面情绪和失望心理，我带着老人开展活动予以缓解，老人很信任我，我也全力帮助他。老人提出能不能把他的户口上到救助站，但经向本地公安部门咨询后得知无法办理。

# 六、路在脚下

为了让老人掌握正确的恢复户口的办法，我再次咨询了救助站所在地的公安户籍民警，并转告老人：本地的做法是请当地派出所户籍民警去村里走访，有村民和村干部证明后即可恢复户口。具体做法可能因省而异，但大同小异。老人表示明白了，他说如果能回到老家，就一定能办好户口，我对他的能力表示了肯定。

他多次提出给我钱，请我组织人员送他返乡，他说他身上还有 20 多张银行卡，里面有 104 万元，可以给我 10 万元作报酬，我明确表示拒绝，表示这超出了我的工作权限，我不能收他的钱。其后，老人多次到窗口向外拨打电话，联系站外人员来救助站护送他回家。

在此期间，我也多次致电老人的各个晚辈，但无人接听电话或回复短信。我也试图与当地民政部门沟通，询问是否可以接收老人，但因缺乏完整而有效的资料而没有结果。

此时，我想到了曾找过我的 F 省 Q 市公安局的王警官，寻求他帮忙想想老人回乡的办法。王警官表示他曾去过老人出生地的 C 县实地走访，找到了老人的堂哥，并证实老人是出生在 C 县。但当地派出所查不到他的户籍，无法给老人恢复户籍。他也打过老人几个亲人的电话，但只有一名侄女接了电话，她要求不要联系她，她什么也不知道，不承认老人是其亲人，其他几个号码则无人接听。

他也去 F 省 L 市监狱和 W 市进行了实地走访，均没有找到老人的户籍信息。他们公安局对报案人控告老人的案情做了分析，认为不完全具备立案条件，暂不拘捕老人，不会带老人回去。

一天早上，老人告诉我他终于联系上了他的邻居王达，王达准备来接他回家，问我可不可以。救助站经过研究，同意他的邻居来接他，但要强调老人与接领人的安全意识，保证万无一失。

我分别和老人、王达谈话，需要老人和邻居共同保证自己的安全，不能有风险。老人和王达都表示自己会承担责任，会做好在回家路上的安全和返乡后的安全照料工作。为进一步强化安全意识，我请他们写了申请书，并做了录像保存。随后，我决定尊重老人的意见，明天早餐后，让其邻居接领出站。

第二天早上，2019 年 11 月 8 日，天气晴朗而凉爽，老人穿上自己的西服、长裤，我给了他两条长秋裤，给他换了一双新鞋。救助站给他安排了晚上 9 点的火车票，直达他们县城。我护送老人和王达到候车室等车，并把老人送上车。

三天后，我电话回访王达，他说虽然经历了很多艰辛，但最后顺利到了老家，找到的老人的两个亲戚照顾他们吃饭，安排他们住在小旅馆。由于亲人们都不愿主动帮助老人，王达便打 110 求助，派出所送老人到了当地救助站入住，暂由当地政府部门安排老人的生活。他也会去找老人的儿女讲明道理，要求子女照料老人。

从 2018 年 3 月到 2019 年 11 月，我陪伴了老人一年半时间。伴随着老人子女的一次次拒绝，在东莞市救助管理站和各地政府部门的关怀下，在无数人的关心下，在邻居出手相助下，老人终于回到家乡，等待恢复户籍，并跟家人重新建立起亲情的纽带。老人的过往迷局还需要时间慢慢解开。

经此案例，我深深地感受到流浪救助工作的艰难。比如，落实户籍政策在此案例中的操作困难，一环套着一环，一环连不上，后续就无法落实。还有，流浪长者的供养与安置的问题也非常突出。

最后，我们也要时刻警惕，我们个人的价值观可能会影响到我们的助人行动。流浪者是需要帮助的人，他们的过往与我们的助人行动无关，作为助人者，我们需秉持价值中立与非批判的原则，倾尽全力，心无旁骛，帮助他们渡过难关。（以上根据东莞市大众社会工作服务中心项目主任熊军民口述访谈资料及东莞市2020年社会工作服务优秀案例评选活动一等奖获奖案例《社工守候流浪老人》整理，文中李明、陈军、陈林、王达为化名。）

作为一名经验丰富的救助社工，东莞市大众社会工作服务中心项目主任熊军民在有着三个名字的老人返乡之后，持续关注他的情况。老人已在当地养老院内得到妥善照料，当地政府部门和邻居找到了老人的三个儿子和一个女儿。女儿的现状较为正常，成家立业。而三个儿子，或多或少受到父亲的影响，均未婚。

关于这篇口述史的题目中"救赎"两个字是否合适，熊军民有着自己的考量，他经手过几个七八十岁流浪阿伯的救助返乡案例，和上述老人情况类似：年轻时潇潇洒洒，对子女与家庭不管不顾，完全没有尽到父亲的义务和责任；年老无依之际，子女始终难以接纳父亲的"迷途知返"。

所以，他保留了"救赎"之词。他期待着，跨越万水千山，断裂的亲情纽带，终将有一天能够慢慢恢复起来。

2024年9月26日，他应约来广州参加"大湾区社会力量参与救助服务高质量发展经验交流会"，分享服务心得。活动后，他和同事苏泽邦没来得及吃晚饭，便匆匆赶回东莞。他直接回到东莞市救助管理站的社工服务项目点，加班整理材料。

2024 年是他从事流浪者救助工作的第 11 年，随着救助工作年限的增长，他说他的心态也经历过一系列的变化：迷茫→愤怒→不满→疑惑→无奈→麻木→觉醒→平静。这种心态过程是漫长的，各个阶段所费时长和波动并不均等，有长有短，有时剧烈，有时平静。

从认知到行为，从潜意识的图式到难以消化的顺应，再到同化和接受，虽不泰然，也能处之。这是一种被各种现实洗礼后永不放弃的必然结果，是从敏感、反应强烈，到波澜不惊的从容。

无奈的情景也如影随形，且不说个人的能力、资源的有限性与流浪者群体需求多样性之间的相互碰撞，很多时候，流浪者面临的困境是不能以常人思维、正常方式和途径可以解决的。

熊军民坦言："作为一名长期在社会救助领域工作的社工，我见过的人和事很多，我也会有麻木感。麻木感来自无力感，无力感来自各种深层次的问题难以化解。而在无奈和无力感之后，作为一个对社会有责任感、有使命感的社工，我需要去觉醒、去反思，识别并接受负面心理，然后勇毅前行。"

# 第十一章
# 归乡，便是心安

　　离家几十年，他已经不记得家是什么样子，曾经以为四处漂泊很潇洒，以天为被，以地为床，想去哪里，想去多久，全凭自己开心。他像一个隐形人，无关紧要地活了近60年，曾经那个以为只要逃离了，就再也不想回去的地方，现在竟然又成了朝思暮想的牵挂。因为，那里才是他的根。

2022 年 6 月，长沙市救助管理站以政府购买服务的形式，引入了湖南省麓山枫社会工作服务中心，在长沙市主城区开展"社工十"服务项目，该项目主要涵盖街面主动救助与站内心理关爱服务两大板块。

在街面主动救助服务中，社工主要为流浪乞讨者提供物资发放、心理疏导、寻亲返乡、就业引导、协助恢复户籍、办理低保、家庭关系修复、志愿服务等内容；而在站内服务中，社工主要为入站的求助对象提供心理关爱，进行初步评估，并对其进行政策宣讲与心理疏导。

在长沙市救助管理站的主导下，湖南省麓山枫社会工作服务中心采用"12345"服务模式，规范街面主动救助工作流程，全方位搭建服务平台：打造一支主动救助的服务队伍，开展两个街面救助主题活动，开展"三个一"的主动救助常态化模式，构建市、区、街道、社区四级主动救助联动机制，在长沙市内五区救助对象出现频次高的区域打造 N 个流浪安全小屋。

而在街面主动救助过程中，许多暖心的相遇，总会不期而至。

"你可以帮助我回家吗？"

这一句试探性的问话，开启了湖南省麓山枫社会工作服务中心项目主任胡晓君与流浪者刘伯的故事。

我是湖南麓山枫社会工作服务中心项目主任胡晓君，一名湘妹子。自 2016 年社会工作专业硕士研究生毕业后，我便开始从事社会工作服务。2022 年，我负责了长沙市救助管理站社会工作服务项目，开始接触流浪者群体。刘伯，是我第一个完成救助寻亲工作的流浪者。

# 一、孤独的身影

2022 年 7 月，夜晚的黄兴路步行街如同被点亮的不夜城，人声鼎沸，热闹非凡。霓虹灯闪烁，五彩斑斓的光芒映照在熙熙攘攘的人群上，将这片区域装点得如梦如幻。小吃摊的香气四溢，人们排成长龙，欢声笑语在空气中回荡，每一个角落都充满了生活的烟火气与欢乐的氛围。

像往常一样，我们项目组的两名社工与长沙市救助管理站的工作人员一同进行街面巡查，开展"夏季送清凉"专项救助行动，对内五区的繁华商业区、公园、桥梁涵洞、车站、立交桥下、城乡接合部、废弃工地等易出现流浪乞讨者的重点区域，加大巡查和救助力度。对于流浪者，我们会劝导其返乡或入站救助，对明确拒绝入站和返乡的，我们会为其发放食物与防暑用品，确保流浪乞讨者安全度过酷暑。

这一天，我们正好巡查到步行街。我穿着工作马甲，提着防暑用品与食物，穿梭在熙熙攘攘的人群中，两眼扫视左右，快速搜索识别我们的目标人群。

当我走至步行街中段位置时，一个孤独的身影静静地坐在路边石墩上。他虽然穿着干净整洁，但是头发稀疏，面容沧桑，脸色暗沉，黑眼圈明显。他只是静静地坐在那里，看着人来人往，眼神中透露出一种难以言喻的孤独与落寞。周围的热闹与欢笑仿佛与他无关。凭借敏锐的直觉，我初步判断他是一名流浪者。

我放慢脚步，走向他，微笑着说道："您好，我是长沙市救助管理站的社工，请问有什么可以帮到您的吗？"大叔看了我一眼，漫不经心地说了一句："你可以帮我回家吗？"然后似乎自己预判了答案一样，把头转向一边，对我的回答没有丝毫兴趣。

我听到如此明确的救助目标，全身的细胞似乎都被激活了。我马上蹲下来，准备跟他详聊："您想回家？"我再次跟他确认了一遍。他点了点头，然后补充了一句："哪有那么容易啊。"

我说道："大叔，事在人为，只要您有这个想法，我们会尽全力帮您。"见我如此热情，大叔象征性地配合我回答了一些问题。我初步了解了大叔的信息：他姓刘，西北人，没有身份证，从小跟爷爷奶奶长大，十几岁离家外出，在外流浪了几十年，去过很多城市，最后在长沙安定下来。

面对我的询问，刘伯有点不耐烦，见状，我也停止了追问，开始关心他每天的活动范围以及大致在什么时间和地点能够找到他。他说："晚上八九点钟，我一般都在这附近。"

第一次的见面就这样简单地结束了，我知道刘伯对我还不信任，不太愿意透露过多的个人真实身份信息。我告诉刘伯，只要他想回去，我们会尽全力想办法帮他，但是也需要他的信任与配合，提供给我们更多信息。他点了点头，不再有其他任何回应。

# 二、助人心切

在得知刘伯的基本信息和需求后，我马上和救助站的相关工作人员进行了汇报与交流。得知工作人员与他已经认识数年，也曾多次询问他相关信息与想法，但是每次他都拒绝救助，甚至连救助物资都不要。他说他还能靠自己养活自己，不用给政府添麻烦，有个落脚地，安稳些就足够了，也不希望被过多关注与打扰。

2022 年的 7 月，是长沙市救助管理站购买社工服务项目启动的初始阶段。在得知他有如此清晰的需求后，我便将其列为重点关注对象，并召开小组会，依照救助流程与规范要求，分析和列定了初步介入计划。团队社工们都信心满满，想着肯定用不了多久，就可以把刘伯送返回乡。现在回想当时的状态，真是有一种初生牛犊不怕虎的冲劲，把事情想得简单了。

这一股子冲劲很快就被冰冷的现实击碎，与预期的节奏相差甚远。我们发现再见到他并不容易，无论是晚上去上次见面的地方等他，还是白天去周边转悠，都没有发现他的身影，一连几天都没有再遇上。

我开始在心里犯嘀咕："难道他换地方了，不在这里了？还是出了什么意外？或者是为了躲避我们，刻意回避？"多种猜想与不确定，让刚开展救助工作的我有点懵。

我心里纳闷："不是他自己说想回家吗？这又找不到人了，到底是什么情况呢？"难道我们之间的故事，就这样没有开始就结束了吗？我满怀疑惑，更是有些许失落。

一周后，我再次巡查步行街时，在人群中发现了刘伯的身影，我们立刻前去与他打招呼："刘伯，这几天你都去哪里了？我们来找了你几次，都没见到你，我们还以为你换地方了。"见到我们来，刘伯停下手中的活，淡淡地说："哦哦，最近有点活干，回来得很晚。"原来如此，我们去找他的时间，正好他在干活或者白天在休息，难怪都遇不上。

我把初步的寻亲计划以及目前需要做的事情，跟他进行了详细说明，传递给他的中心意思就是我们正在积极帮助他寻亲，但是需要他提供更多有效的个人身份信息，以便我们进行身份的核实。

"你还记得你老家的具体地址吗？家里还有哪些人？家人的身份信息和电话有吗？你曾经办理过身份证吗？"我把列有提纲的信息采集表格逐一跟刘伯核对。

刘伯回应道："我几十年没有回去过了，记不清具体地名了，家里人没有任何往来，记不得他们的名字。我从来没有办过身份证，从家里出来前属于集体户口。"这些能够直接帮助辨认他身份信息的线索一一断了，他无法再提供任何有关的信息。说完，他就自顾自地收拾捡来的纸壳子等物品了。我见状知道今天得不到其他有效信息了，便跟他道别，并叮嘱他但凡有想起什么，一定要告诉我。

他的回应明显表现出对我的不信任，也不相信这件事能够得到解决，所以他看起来似乎配合工作的开展，但是却有所保留和隐瞒，并未将真实的、有效的信息告知我。湖南人的这股子不服输、不信邪的劲，让我更加坚定了要把这个问题解决的决心。

# 三、守株待兔

我找到西北省份的行政区域图，把目标城市的地名、区域划分、地貌特征、特色美食、风俗习惯等进行了资料查询。在后续的几次见面中，我慢慢地引导他去回忆儿时对于家乡的记忆。经过几次来回，我收集到一些关键词：县名、镇名、村名。我从收集到的只言片语中努力去寻找和辨别，但毫无进展。

我内心着急，但是无济于事。信息太少，无法进行进一步的身份核实。慢慢地，无力感越来越强，但是我依旧坚持定期去偶遇他，与他聊天。慢慢地，我们也熟络起来，我摸清了他的生活习惯，他对我的态度在一次次接触后有所好转。我经常选择晚上在他的铺位附近蹲守，与周边的环卫阿姨都混成了熟人，她们会给我提供他的行踪线索。

9 月的一个晚上，我等到 9 点多，终于等到他回来。那天他看起来很疲惫，看到我在等他，他脸上闪现出一丝惊讶。我给他递上八宝粥、泡面、矿泉水，他收下了。他坐在铺位上沉默了一会儿，开口说道："其实，我不姓刘，我姓袁，之前告诉你的名字，是我自己取的。"

这一句话让我震惊得一时半会儿没有回过神来。一个我反复跟他核对的名字，竟然是他自己编造的，误导着我一直在做无用功。接着，他跟我说了很多，我默默地坐在他身边，认真地听着他的故事。第一次，他将自己离家出走的真实原因、继父给他留下的心理伤害、为什么给自己改名字等等，都说了出来。

"我是西北人，我 1964 年出生在一个农村家庭，七八岁的时候，我的亲生父亲过世，妈妈改嫁到县城。我的继父是个残疾人，我的爷爷、奶奶不同意我妈妈带走我，于是我跟着爷爷、奶奶生活。但我想妈妈，我不敢跟爷爷、奶奶说。应该是 1976 年，当时大人们到县城去开会，我去凑热闹。开完会后去赶集，我碰到了我的妈妈，妈妈带着跟继父生的孩子——也就是我同母异父的弟弟，当时我心里有怨气，我揍了弟弟一顿后跑回家。后来爷爷、奶奶年龄大了，没有办法，我还是得来到继父家生活，但是不受待见。一气之下，1978 年，我十几岁的时候离家出走了，再也没回过家。"

讲到儿时的记忆时，他声音哽咽，默默地转过头擦掉眼泪。这天晚上，他第一次向我吐露了生活的艰辛，在外漂泊了几十年，家，一直是他想回，但是却回不去的地方，满是生活的艰辛与无奈。

离家几十年，他已经不记得家是什么样子，曾经以为四处漂泊很潇洒，以天为被，以地为床，想去哪里，想去多久，全凭自己开心。他像一个隐形人，无关紧要地活了近 60 年，曾经那个以为只要逃离了，就再也不想回去的地方，现在竟然又成了朝思暮想的牵挂。因为，那里才是他的根。

我静静地听他说完，然后安慰他："一切都会好起来的，我们一起努力，争取早日把这个问题解决。"

这天之后，我们之间的沟通比以往顺畅了很多，他开始真正信任我了。他是这样说的："我感觉到你们是真的想要帮我。"

从那之后，我改叫他袁伯。

# 四、多管齐下

从那天之后，袁伯跟我们团队之间的关系更自然了，他也不再隐瞒和压抑内心对于家的渴望。每次我们过去，他都愿意跟我们分享近期发生和遇到的事情，也会很关心和期待寻亲的进展。我们根据他提供的信息，将他的寻亲信息发布在网上，给他进行DNA的血样采集、人像采集与公安部门系统进行比对，还发动了宝贝回家公益组织，多管齐下，为他寻亲。

在等待各项寻亲措施的结果之时，袁伯的归乡情绪越发浓烈，当迟迟没有好消息传来时，他变得有些焦急、不安、悲观。我意识到他的情绪也需要及时处理，要安抚和稳定，要让他对过去释怀，更要让他对未来保持希望。于是，我联合站内的心理咨询师，共同关注他的情绪问题，给他更多支持。

同他经过几次深入的聊天，我与心理咨询师对他的人生经历和脾气秉性有了大致的了解。他说他的性格在别人看来有些古怪，不喜欢主动跟人交流，别人批评他时他会跟人急眼，久而久之，他就成了孤身一人，跟其他同样在此流浪的人也无法融为一体。"我曾经有过一个要好的朋友，但是后来发现他是靠'第三只手'，以小偷小摸为生，就慢慢跟他疏远了，后来他还发家了，做了点小生意，混得不错，想要邀我去帮他，但我拒绝了。"

他说他虽然十几岁就离家流浪了，但是从来没有做过一件违法乱纪的事情，都是靠自己的劳动养活自己。年轻时他多以体力活为主，因为没有身份证，打零工也总是被介绍人卡掉一半的钱。别人赚 200 元，他只有 100 元，但是为了生存，他照样得干。

他经常是在晚上，等周边店铺都关门歇业以后，才能开工清理这些装修垃圾，一般是晚上 11 点干到次日凌晨 5 点左右。干完回去后随便找个角落就睡一觉，但是白天往往也睡不好，时常会被人叫醒，不准在那里睡觉，或是因为太吵而睡不着。长此以往，他的黑眼圈越发严重。

他曾经重病过一次，腹部积水，肚子鼓得老大。去医院看医生时，医生说这病要进行正规治疗，并且在往后的日常生活中要非常注意饮食与作息。他告诉医生自己没钱，没办法接受治疗，请医生帮他开一点药。他将自己为数不多的积蓄买了药，然后做好了听天由命的准备。后来他连续发烧，不省人事，至今也不知道当初是怎么熬过来的，一直活到了现在。或者就是"命不该绝"吧。

我们问他这么多年都没有想过要找一个老伴吗？他说："像我这样的人，哪里会有人愿意跟我过日子，没必要去害别人。我每天吃了上顿没有下顿，也没有个安身之地，找个伴儿跟着我遭罪，连基本的吃穿都管不上，这事搞不得，搞不得。"

"那不会觉得孤独吗？尤其以后老了，没个伴儿，没个孩子的。"

"那没办法，也已经习惯了。"

最让他难以释怀的还是关于家与家人。在不断地尝试之下，他终于打开了这片"禁地"："在我很小的时候，父亲不在了，母亲带着我改嫁，继父是个残疾人，对我很不好，经常故意为难和骂我，我妈妈也只能忍气吞声，我怪我妈妈怎么不帮我，任由别人欺负我，每次她都只会说忍一忍，等你长大些就好了。我这辈子也忘不掉的就是过年了，继父不允许我上桌吃饭，只给我一个馍，让我蹲在门边吃。那时我内心的委屈、那种难受，我这辈子都忘不了。我要离开这个鬼地方，去任何地方都会比在这里强，这个想法一天天加强。到了十几岁，我实在无法再忍受这种生活，连妈妈也没有知会一声，我就一个人离家出走了，并在内心暗暗发誓，这辈子都不要再回那个鬼地方。"

他将这压抑在心里几十年的委屈与苦楚说出来后，掩面痛哭，我终于明白了袁伯之前为何从不提及任何家人的信息，甚至要给自己编一个名字，连姓氏都要改变，都是因为他太想逃离，太想与痛苦的儿时经历划清界限，不想与曾经那个家的一切有半点关联和牵扯。

心理咨询师及时安抚他的情绪，与他一同进行时光的倒回，回到当年的情景，让他去尝试理解母亲，让他去安慰当年小小的自己。在不断的对话与感知中，他终于体谅了母亲的处境与难处，在那个年代带着一个孩子二嫁，在家庭中生存立足有多难。他也告诉儿时的自己："长大了，有本事了，就不会遭人欺负了。"

这一次与心理咨询师的谈话让袁伯彻底打开了自己的心扉，也终于放下了对母亲、对继父的怨恨，尝试着与过去的一切和解。

一切都在静静地发生着变化，我相信，一定会有好消息传来。而在这之前，我们所有人唯一能做的，就是等待。

# 五、归乡旅途

微信弹出一条消息，我点开一看，高兴得差点跳起来。救助站业务科科长告诉我袁伯寻亲成功了，身份信息核实了，与当地村干部联系上了，证实他确属本村人，并且欢迎他随时回家。

多途径寻亲终于迎来好消息。这也得益于宝贝回家志愿者团队的大力协助，他们依据相关信息，进行层层筛选，终于为袁伯找到了家与家人。我迫不及待地想把这个好消息告知他。一刻也不敢耽搁，我立刻前往步行街去寻找他。

我在想，他知道这个好消息后，会是什么反应呢？我到了袁伯的落脚地，但是没有看到他的身影，我只得再次"守株待兔"。

直到晚上，他才出现，我开心地把这个好消息告诉他，并把跟村支书的聊天截图给他看，让他知道他老家还有人一直在牵挂着他，等着他回家。他没有预期的激动和惊喜，甚至有些紧张了。

他问我："能不能跟老家那边沟通一下，到时候我到了那边，能有人来接吗？太多年没回去，家乡变化肯定很大，我也没有手机，也不知道回去和谁联系。"我感受到了他的紧张和担忧，一个期待了这么多年的愿望终于要实现了，可当真要来临时，却又有些慌乱，不知如何应对了。

我将长沙救助站的地址、坐车方式、联系电话用纸条写好留给他，告诉他把这边的事情处理好后，就随时来站里，救助站会按照流程帮他对接当地救助站，安排他的返乡事宜。

很快，他把手头的事情处理好，整理了一点随身物品，来到了救助站。由于当时正处于疫情期间，乘车前必须要做核酸，再加上车票紧张，所以他在站里住了两天，等一切都安排妥当后，才踏上返乡的旅程。

也正好趁着这两天时间，驻站社工、心理咨询师与他再次进行了深入的访谈交流，主要是规划返乡后的生活，以及如何应对一些可能会遇到的情况。毕竟他已在外流浪了 40 余年，突然改变生活状况，他该如何适应新的生活方式？离家 40 余年，再回到老家，他该如何面对邻里的言论？返乡后无法再继续捡拾废品，他该如何获取经济来源确保基本生活？与家人再次见面，他该如何放下曾经的怨恨，重新开始？一系列的问题，我们与袁伯进行了一一沟通。

他问我："你知道我是从什么时候开始有想回家的念头吗？"

我猜想说："最近几年年纪大了，想回家了？或者因为疫情，收入下降，生活越来越难了？"

他摇头说："其实在 2000 年前后，我就已经有想回家的想法了，那时候我在火车站附近租房子住，靠着在火车站给旅客送行李上站台赚点生活费。当时有不少跟我一样长租在周边旅馆的人，旅馆租金很便宜，老板人很好。过年时，别人都回家过年去了，老板就把我们这些不回家的人叫在一起，吃个团圆饭。那一刻，我突然发现过年回家，和家人吃团圆饭是件多么幸福的事。后来，在路上看到一家人散步，我都会羡慕。"

他一直记着当年那个旅馆老板对他的好，也是这个老板关心他，没把他当异类看，甚至理解他肯定有自己的无奈。这个善良之举，真的温暖和改变了一个人。

"我后来经常会有想回家的想法，但是真的太难了，我什么都没有，也什么都记不清楚了，社会发展变化得这么快，即使把我放在那个地方，我也找不到回家的路。"

他跟我表达了自己的思乡之情，我与袁伯一样，感谢那个善良的旅馆老板，让袁伯在孤独且不易的流浪生活中给了他温暖，并点燃了他回家的希望之灯。

我们就往后的生活与袁伯进行了规划，给了些许建议，他都一一接纳。比如，于他而言比较难的，是要去看看妈妈和继父，他说他会去的。

临走前，我们给袁伯准备了厚棉衣、裤子、保暖衣、鞋子。10 月底的大西北，相比长沙，温度要低得多，并且马上也就要进入寒冬了。

因为疫情，我们也担心路途上或许会遇到一些不可预测的麻烦，所以我们将联系电话、他的情况、村支书电话都写好给他保存，以备不时之需。他小心翼翼地把纸叠好，收在夹克的内袋中。

站里派车送他去火车站，我们目送他离开，他不断道谢，用力与我们挥手告别，说到家了给我们打电话报平安。他终于可以回到阔别 40 余年的家乡了，我们为他开心。

# 六、不再漂泊

我们期望早日收到他的报平安电话，但事实却是迟迟没有消息。我们不知道究竟发生了什么事。

"是不是半途下车了，没有回去？"

"我们是不是遇上骗子，被骗了？"

"他是不是遇上什么事了？"

"他是不是把纸条弄丢了？"

迟迟没有等到他报平安，我们有各种猜测和不安，担心他如果没有回家，而是半途下车，那他就是换了一个地方流浪。曾经答应我们返乡，最后却骗了票不回去的人也有。他究竟是什么情况，我们不得而知。

直到半个月后的 11 月 13 日，有一个西北城市的号码来电。换作平日，我肯定当骚扰电话直接挂掉了，但这次，抱着是袁伯打来的希望，我接听了电话，果然，真是袁伯。

"你怎么这么久才给我们打电话啊？我们担心你是不是遇上什么事了？"

袁伯激动地说："我昨天才到家，我一到省城下车，就被拉去隔离了，因为我是长沙过去的（那段时间的长沙受疫情影响，管控严格），在那隔离了七天，回到了老家的救助站，又被隔离了七天，然后才把我送到村里。我现在住在叔叔家，你们放心，我到家了。"

袁伯到家了。我们悬着的心终于放下了。

虽然我们不常与袁伯联系，但是心中总有挂念。每当与人提起他时，总会在心中问上一句："不知道他最近过得怎么样？"

2023 年 1 月，袁伯用自己的手机号码再次给我打来了电话，告诉我他现在的状况。一个人的状态真的可以从说话中就听出来，他现在过得不错，重新上了户口，名字也改了，村里给他办妥了五保户和养老保险，并且给他安排了住处。

他和家里人也有来往，大家都对他不错，他也时常打点零工，有些收入，基本的生活保障完全没有问题。听到他的报喜，我真的打心底里为他开心。

2024 年 10 月，当我再次拨打袁伯之前的手机号码时，却发现已经无法接通了。于是，我辗转打了多个电话，终于通过袁伯的叔叔联系上了袁伯。再次听到袁伯的声音，我感到特别亲切。

袁伯接到我的电话很意外，当我跟他说我是长沙市救助站的社工后，他马上想起来了，很开心，问我工作忙不忙，现在是不是还在那里？我告诉他我的近况，也告诉他当初那个接触他比较多的小伙子小邹升学考上了本科，又去读书了。他说挺好挺好，年轻人就是要上进多读书。

当我问他最近怎么样时，他说他这两天在医院住院，头上长了疱疹，开始没重视，现在长得有点多，半边头上都长了，有些痛还流脓。家里人要他来医院治疗，医生给开了擦洗和口服的药，先看看治疗情况，要是不好还得去大医院才行。

我安慰袁伯："好好听医生的话，按照医生说的做，别舍不得花钱，身体健康最重要。"

他说："好，现在国家和政府对我太好了，感谢你们帮我，让我回来了，终于不再漂了，可以安稳下来了。村里帮我办好了五保和养老，我基本生活没问题，你们放心。"

"真没想到，现在长沙还有人挂念我，真是太感谢你们了。"袁伯说着说着，哽咽了。我再三叮嘱他一定要安心治疗，我会再打电话问候他，希望他身体早日康复。

袁伯是我从事流浪救助以来第一个还算成功的案例，也是我花费心血最多的一个。在这个过程中，我体会到了助人的不易，也体会到了助人带来的价值感和满足感，找到了坚持社工之路的意义所在。

一次不经意的善意，犹如晨曦微光，或能点亮他人心中的希望，引领他走出困境的迷雾。传递这份善心，让我们去抚慰每一颗漂泊的心，助他们不再流浪。（以上根据湖南麓山枫社会工作服务中心项目主任胡晓君口述访谈资料及长沙市救助管理站

2022年度社会工作服务项目档案整理，文中刘伯、袁伯为化名。）

家庭是每一个人的心灵港湾。家庭，却也是很多流浪者拼命要逃离的地方。不愿回家、不敢回家，成为流浪者群体较为普遍的共性特征。

毋庸置疑，归乡，并不能解决流浪者群体所面临的种种复杂问题，但归乡，至少可以重新建立起流浪者个体与家人、家乡和社会的连接，为其回归正常的社会轨迹铺平道路。

更为关键的一点在于：归乡，才有机会去慢慢化解流浪者与家人过往的矛盾或误解。归乡之后，站在一个全新的起点，曾经的不解、怨恨、伤心，乃至决绝式的逃离，在时间面前、在亲情面前，已经不再重要。

归乡，便是心安。在一起，才是所有人想要共同感受到的欣喜。

袁伯回家之后，湖南麓山枫社会工作服务中心项目主任胡晓君持续跟踪回访，了解到袁伯返乡后生活逐渐稳定下来，跟妈妈、继父和同母异父的弟弟、妹妹的关系越来越好。胡晓君对于袁伯返乡两年间的跟踪回访，体现了一名救助社工的坚守、温暖与陪伴。

对于第一次跟妈妈见面的细节，袁伯之前都说得含含糊糊，只有最近的一次回访，他才详细地说了出来，这也让胡晓君深深体会到：和解，正在袁伯的身上一点点发生着。

回到老家后不久，袁伯在弟弟陪伴下，忐忑不安地来到妈妈家里，这是弟弟为妈妈和继父新买的楼房。当房门打开的一刹那，80 岁的妈妈已行动不便。妈妈扶着椅子站起来，慢慢挪到他跟前，望着他陌生的面孔，妈妈一只手使劲掐住他的脖子，另一只手无力地捶打着他，妈妈难以接受他 40 多年前的不辞而别。

妈妈说："想不到，这么多年，你还活着。"

弟弟说："算了，算了，都过去了，回来就好。"

# 第十二章
# 鸟儿回家记

　　基于复杂的原生家庭，磊磊善与人交往，却鲜少与人亲近。刚接触的前几天，我与他之间一直有一种亲近的"疏离感"。他过于懂事，我未在他身上见到未成年人该有的青涩和俏皮。

2016 年 6 月，金华市救助管理站以政府购买服务的形式引入了金华市悦欣社会工作发展服务中心，在浙江省内首次以"站社合作"的模式开展流浪未成年人救助服务，项目的名称让人过目不忘——"三毛回家记"。

"三毛回家记"通过心理咨询、安全教育、生命教育、个案辅导、跟踪回访等直接服务，帮助流浪未成年人返回家庭和校园。同时，它还通过资源链接、服务转介等间接服务，帮助流浪未成年人获取社会支持，从而达到保障流浪未成年人的健康安全和健康成长的目的。

"三毛回家记"做得非常扎实。"三毛回家记"将传统"食宿＋通讯＋车票"的简单救助服务，提升为"生存救助＋心理咨询＋成长教育＋发展支持"的深层次救助服务。并积极与政府部门、救助机构、教育机构、其他社会力量合作，为流浪未成年人争取更多的社会支持，为其未来发展保驾护航。

2022 年 10 月，鼎和社工团队组织编著了《新时代中国社会救助：社会力量参与流浪乞讨人员救助服务研究》一书，该书系统梳理了全国各地社会力量参与救助服务的实践与探索。在编著过程中，编著团队不断与悦欣社工中心沟通，悦欣社工中心主任刘欣带领团队骨干，撰写了专稿《浙江金华："1131"流浪未成年人救助服务模式》，介绍了悦欣社工中心长期参与流浪未成年人救助服务的经验做法。"1131"流浪未成年人救助服务模式指的是："1"个主导：政府主导；"1"项联动：部门联动；"3"级服务：社会参与、专业介入和跟踪回访；"1"份合力：合力救助。

2024 年 8 月，《新时代中国社会救助：社会力量参与流浪乞讨人员救助服务研究》公开出版，并在广州举办了新书上市研讨活动。悦欣社工中心主任刘欣专程前往广州，就流浪未成年人救助服务的典型经验做法进行了主题交流分享。

"姐姐，你来啦!"

如今，每每路过第一次发现流浪未成年人磊磊的天桥时，他的音容笑貌，仍会不自觉地出现在我的脑海里，我也会不自觉地满眼笑意，就像四年前，我第一次见到他那样。

2020 年 2 月，新型冠状病毒开始肆虐，各地交通要道逐步封锁，金华市区也暂时无法与外地实现互通。当时，金华市公安部门在一个天桥下发现了流浪未成年人磊磊，并护送其至金华市救助管理站实施保护性救助。

我叫蒋文艳，来自金华市悦欣社会工作发展服务中心。磊磊是我从事流浪未成年人救助服务工作的第一个"客户"，就是社工专业术语里的"案主"，或者"服务对象"。但我更愿意直呼其名：磊磊。

那时，我只是一个初出茅庐的社工小白，怀揣着社工的初心和课本中的各类理论，刚刚踏上一线社工实务之路，心中充满了赤诚和忐忑。

# 一、初见：不安的鸟儿

"姐姐，你来啦！"在金华市悦欣社会工作发展服务中心主任刘欣的带领下，我第一次见到了磊磊。

"老刘，这就是你和我说的那位姐姐吗？"他活泼极了，不停地打扫着房间里的卫生，拿着抹布一遍遍地擦着窗户和桌子，又用拖把将地板拖得锃亮。

那时候，我心里想着："他一定很不安吧？虽然有很好的生活环境，但也像被困在房间里一只鸟儿。或许，唯有用繁忙的样子来掩盖他内心深处的不安。"

我在一旁默默地看着他把活儿干完，才说出一句："现在我们有时间坐下来说说话了吗？"他表现出一副天生自来熟的样子，却又处处设下了屏障，遮掩了他口中的人生故事。

那年，磊磊 14 岁，在金华读初二。两年前，他和哥哥一同从贵州老家来到金华生活，在金华，他和哥哥以及哥哥的女朋友（他称为"嫂子"）生活在一起。

2018 年，他的亲生父亲去世，母亲带着他和哥哥、妹妹改嫁。在贵州老家，他和妹妹的关系最好，和哥哥却多次闹矛盾，哥哥有时会教训他，甚至对他大打出手。母亲一直觉得这是兄弟间正常的打闹，因而不予理睬。

磊磊说，和哥哥来金华于他而言，是难得的"自由"时光。没有了母亲的严厉约束，哥哥又工作忙碌，鲜少管自己。因为觉得学习对自己而言并不重要，所以他经常和哥们逃课去网吧上网，时间完全由自己自由支配。

2020 年是他来金华的第二年，也是他第二次离家出走。第一次是和哥哥闹矛盾被赶了出来，于是索性和好哥们一起离家出走，利用临时身份证坐高铁回到贵州老家。

这次和哥哥闹矛盾后，哥哥动了手，磊磊再度离家出走，前往网吧歇脚，原本准备像上次一样买张车票独自回老家。却不曾想在网吧时，嫂子找到了他的书包，拿走了他所有现金和身份证，使他无法正常回家。

从此，他开始过上在天桥底下的流浪生活。直到被公安发现，送到救助站，他才过上了衣食无忧的生活。但独自一人睡在一个房间的日子，或许让他很不适应。

2 月仍是寒冬，磊磊身着一件黑红色单衣，擦桌拖地的身影令人心疼。我想，自己至少能陪伴他度过不安的日子。

在救助站的工作人员和我们社工眼中，磊磊是个"乖孩子"，有礼貌、乐观开朗、不找麻烦，永远都笑着，且自尊自强，问他有什么需要吗，他都会摇摇头说："现在已经很好了，什么都不需要。"

基于复杂的原生家庭，磊磊善与人交往，却鲜少与人亲近。刚接触的前几天，我与他之间一直有一种亲近的"疏离感"。他过于懂事，我未在他身上见到未成年人该有的青涩和俏皮。

# 二、救助：鸟儿的世界

面对让人有些不安的疫情，救助站无疑成了磊磊唯一安全的港湾。如何帮他平稳度过这段不安的时光呢？从生态系统理论的视角出发，我需要综合考虑磊磊自身及其所处环境的因素，从他的生活环境切入，着手进行改善。

独自一个人在救助站的磊磊，一直被孤独、害怕、思念等情绪环绕，每当询问他是不是想家了，他都会倔强地说"没有"，却又滔滔不绝地说起自己的家乡、自己的狗狗，还有和妹妹一起玩的游戏。这时，我时常作为倾听者，认真地聆听他的故事，也时常复刻他和妹妹常玩的羽毛球、跳绳等活动，给他带和妹妹一起吃过的小零食。

每一个举动于我而言，是平凡的日常，但在磊磊心里，却一点点种下了思念的种子。终于有一天，他的情绪爆发了，掉下了眼泪："姐姐，我想家了，什么时候才能回家啊？"在细心地安慰着磊磊的同时，我也慌张了，后来才明白，这是他对我真正信任了。

"唯有真诚最动人"，社工就是凭借这样一点一滴的日常、一举一动的平凡作为，时常与流浪者"在一起"，不断拉近彼此心与心的距离。书本中的理论成为现实，于我而言，也是第一次拥有这样真切而神奇的体验。

自哭过以后，他叫我"姐姐"变得频繁，也开始询问我的个人经历。"你是大学生？""什么是社工？"我也试着问他的人生理想。在贵州，磊磊的亲戚兄长们大多都重复着前辈们的人生道路：十五六岁开始去浙江和江苏打工，十七八岁结婚生娃儿，而后把孩子送回老家，自己继续打工。周而复始，代代循环。我在磊磊对我的询问中，向他介绍了自己和身边人的人生经历，告诉他，每个人有自己的路，循规蹈矩并非唯一选择。

我问他："你以后想干什么呀？"

"还没想好，但我们可以先行动起来。"他说。

于是，我和他一起制定了他在救助站里生活的时刻表：

- 08：00—09：00：打扫卫生
- 09：00—10：00：数学计算课
- 10：00—11：00：晒太阳、做运动
- 11：00—12：00：看电视、吃午餐
- 12：00—13：00：午休
- 13：00—14：00：背诵英语单词
- 14：00—15：00：手工课、画画
- 15：00—16：00：语文课

磊磊在救助站生活的日子逐渐充实了起来。虽然在英语单词背诵、数学计算等方面时常存在"讨价还价"的情况，但无论如何，磊磊在救助站的生活不再是躺在床上看着电视机里的自己，和反反复复地打扫房间。

长达两个月的生活时间表安排，于磊磊而言，更像是一种自我时间管理的训练，培养了他规划人生和规划自己生活的能力。

在和磊磊商议之下，我们还共同制定了"奖励机制"，若当日完成了自己制定的任务清单，他就会获得他和妹妹一起吃过的小零食。这一方面是以美食疗慰他对家乡亲人的思念，另一方面则是对他的鼓励，希望他能够再接再厉。

"授人以鱼不如授人以渔"，尽管他到最后也没想好自己未来想过什么样的人生。但这短暂的两个月时光，却为他留下了一把钥匙，供他打开人生的所有可能。

# 三、融入："女神节"与私人订制

救助站的工作人员于当时的磊磊而言，是不可替代的存在，是生活温暖的源泉。救助站的叔叔阿姨们日常为他送饭、打扫卫生、测量体温，救助站站长也时常带着自己的孩子和磊磊一起打羽毛球、学习、晒太阳，给了磊磊生活、情感、安全感等多方面的支持。

进入救助站近一个月时，恰逢"三八"妇女节。磊磊突发奇想，要我教他折玫瑰花的方法，打算结合他自己的创意花束，为阿姨们送上一束花。于手笨的我而言，学习折玫瑰花是个大工程，但磊磊的拳拳真意激发了我学习的动力。最终在3月7日，他完成了三束DIY玫瑰花，分别送给了站领导、护工阿姨和另一位工作人员。此外，磊磊还充分发挥自己的创意，制作了手工画，送给救助站和悦欣社工中心，以表达自己的谢意。悦欣社工中心主任刘欣平日严肃的脸上，也因此多了好些笑意。

现在回想起来，我还是会被磊磊的这一举动所感动，也想起了当时自己笨手笨脚的滑稽画面，从这段经历中，我也收获了技能和美好。

后来，救助站的每个角落都留下了磊磊生活的痕迹：大树底下，他曾在那儿挖过蜗牛；门口的空地上，他和工作人员的孩子们一起赛跑过，也在车库旁的空地上一起打过羽毛球；护工阿姨在晒豆干时，他也曾搭上一把手；院里的健身器材上也晒过他的被子。

他很好地融入了救助站里的生活。小小举动，增进了磊磊与救助站每个工作人员的互动，让磊磊在寒冷的冬日里多了一份归属感。

磊磊 14 岁，根据埃里克森人格发展八阶段理论，正处于青春期阶段，正处于自我认同和角色混淆的关键时期。在这一时期，建设自我认同和自信心是至关重要的，简单来说，正是"臭美"的时候。

三月份，磊磊已入驻金华市救助站一个月了，头发逐渐遮住了眼睛，阻挠了视线，略显邋遢。在回家途中，我试图寻找免费的理发师为他提供理发服务，但都被拒绝了。在悦欣社工中心主任刘欣的帮助下，我邀请到金华万达广场 JW 美发沙龙的陈总监，来到救助站为磊磊理发。

陈总监为磊磊设计了一个私人定制的帅气发型，并关切地问他："自己看看，这个发型帅吗？"

磊磊不好意思地说道："帅！"自剪头发以后，磊磊的形象焕然一新，言语之间透露出更多的自信和愉快，他笑得比之前更灿烂了。

"姐姐，你看我帅不帅？我还是第一次享受'私人订制'待遇呢。"这次剪头发的体验让磊磊感受到了"优待"和"关注"，帅气的外表、身边人的善意进一步增强了磊磊的自我认同和对美好生活的向往。

多一份关注，或许就能为流浪未成年人增添几分信心，增加一些改变生活的动力。资源链接，作为社工最基础的功能之一，聚众力，成合力，才能筑起更多世间美好。

# 四、归途：鸟儿回家了

磊磊在救助站期间，救助站的工作人员和社工们始终在寻找帮助他回家的途径。然而，由于疫情形势加重和各地交通管控，救助站无法将他顺利护送至贵州老家。经电话联系，父母也无法来金华将他接回家，且恰逢年节，他哥哥已从金华回到贵州，只有嫂子还在金华。

基于前期嫂子的种种做法，磊磊心里对嫂子有着深深的抱怨："是她拿走了我的身份证和现金，让我回不了家的。我和哥哥的很多矛盾都是因她而起的。"

所以，他并不想和嫂子回家。但无疑，嫂子是那时唯一可以带着他回家的人。救助站的工作人员负责联络嫂子，而我则不停地做着他的思想工作。

"磊磊对他嫂子的印象全是负面的？难道就没有正面的吗？是因为嫂子本来就这么'坏'？还是他的出发点和嫂子的出发点不同？如何让他对嫂子的印象改观呢？"一个个疑问在我心中开花，等待结果。

原来，嫂子是和哥哥一起打工的，虽然还没有领证结婚，但一直和他们兄弟两人住在一起，除了工作，她还负责照顾他们兄弟两人的生活起居。由于磊磊不听话，时常翘课和自己的哥们去网吧玩游戏，嫂子经常把他锁在家里，并把他的零花钱收存起来，担心他乱花。

这种种未曾明言的过分"关心"被磊磊认为是对他自由生活的层层限制，一直在产生矛盾和争吵。他哥哥了解情况后，时常会通过暴力的方式解决问题。生活中的矛盾一次次沉淀，最终，磊磊对嫂子充满了愤恨。

我想起了课堂中老师说到的 ABC 理论——引起人们情绪困扰的不是事件本身，而是人们对事件的认知和看法。因而，可以通过改变人们对事件不合理的认知，进而改善情绪和行为。

我和磊磊开始罗列他眼中嫂子的种种"恶行"，逐条分析查看其背后的原因，及嫂子行为背后的合理性，为他见嫂子做心理铺陈。如在磊磊眼里，最令他气愤的、直接导致他驻留金华、无法回老家和家人团聚的直接原因，在于嫂子拿走了他身上的现金和身份证。

在他看来，嫂子就是"品行不端"，拿走了他的钱和身份证，而不是嫂子想他早点回家去。一件一件，层层剥茧，我从局外人的角度，为嫂子的行为做出稍显合理的解释。慢慢地，他心中对嫂子的愤恨舒缓了些，在救助站工作人员的劝说下，他也同意和嫂子回老家。

2020年4月20日，他嫂子来到救助站，和他面对面说出了事件的原因，并对他表达了歉意，同时和救助站工作人员保证会对他的生活绝对负责。最后，一个诚挚的拥抱化解了两年来磊磊累积的情绪。

磊磊和嫂子回家了，持续两个多月的救助服务结束了，鸟儿流浪记的故事也到此结束了。回想起一声声"姐姐"、一句句和磊磊之间的问答，我很欣喜，磊磊可以放声说出"姐姐，我想家了"，他不仅从一个略显邋遢的孩子变成了帅气的小男孩，还与救助站的叔叔阿姨们都成为好朋友。

更庆幸的是，他从此树立了"好好学习，要考大学"的梦想。短暂的时光，却时常泛起点点微光，聚成星火，引领着我，成为内心更为强大的社工，帮助更多需要帮助的人。（以上根据金华市悦欣社会工作发展服务中心一线社工蒋文艳口述访谈资料及金华市悦欣社会工作发展服务中心2020年度金华市救助管理站"三毛回家记"项目服务档案整理，文中磊磊为化名。）

在开展流浪未成年人服务的过程中，经常会遇到反复流浪的现象，被护送返乡的流浪未成年人仍会因家庭环境等多种因素，而选择再次外出流浪，导致重复救助。

悦欣社工中心的"三毛回家记"项目有一组数据，让人备受鼓舞：流浪未成年人回归家庭的回归率达 100％，32.6％的流浪未成年人同时回归校园就读，未发现二次流浪至金华市的情况。

流浪未成年人，是指 18 周岁以下的流浪者。流浪未成年人是一个备受关注的社会群体，对流浪未成年人的救助保护工作关系到人民幸福、社会和谐和祖国未来。

流浪未成年人的救助保护工作往往触及心理关爱、行为矫治、家庭关系等多个方面，而短期内的临时救助往往难以有效解决其所面临的复杂问题。救助流浪未成年人需要改变传统救助模式，更多地强调人文关怀，从流浪未成年人自身的角度去认识他们的需要，帮助他们增强自身的能力，协助其树立正确的价值观。

流浪未成年人现象的成因是多方面的，经济贫困与家庭功能失调是主要原因。此外，教育不当也是流浪未成年人形成的重要原因，还有一些未成年人被社会上的不法分子利用而导致流浪街头，也有部分是因为自身的人格发展不健全，或沉迷网络游戏不可自拔，或叛逆心理严重而离家出走。

家庭是社会的细胞。每一个流浪未成年人的背后，都是一个个家庭的悲欢离合。对于流浪未成年人的救助保护，更需要从社会倡导、源头地预防、学校教育和家庭关怀等方面入手，同时，进一步完善流浪未成年人救助保护的跟踪回访机制，打造流浪未成年人救助保护的闭环式服务网络，才能解决根本问题。

# 让角落里的人看到春天

　　撰写这本口述史书稿的初始阶段，我只选择了一种叙事视角：流浪乞讨者个体。这也是口述史常见的写作方式，我选择对几名较为熟悉的流浪乞讨者进行访谈，他们的故事发生地均为广州。

　　小伙子阿涛是《创纪录的七个月就业》的主人公，他的故事是整本书中唯一的就业帮扶故事。我和他认识时间很久，从2016年开始接触到他，2017年我送他到工厂面试，他连续就业七个月，创造了我们鼎和社工团队十年救助工作中就业帮扶时间最长的纪录。从工厂离职后，他陷入了长期流浪、偶尔工作的循环状态，直到2021年才稳定下来，找到固定工作，彻底告别流浪生活。

　　很长一段时间里，我对他有些失望，甚至懊恼：一个有手有脚的年轻人，为什么要天天游手好闲，自我放逐呢？虽然我和他经常联系，但无所事事，乃至无可救药，是我心目中对他的刻板印象。

为了写他的口述史故事，我再次联系他，跟他见面，了解他的生活现状，看到了他翻天覆地的变化。尽管如此，我心里还是没底，于是救助站驻站社工帮助查询他的进站救助记录，证实了他不再去广东省内任何一家救助站的"豪言壮语"是真实的。

这样的真实，也让我开始反思自己的情绪与心态：在助人自助的过程中，社工本应秉持的不批评、不评判的原则，为何我会渐行渐远？究其原因，是我忽略了流浪者群体的主体性。弱势群体之所以弱势，正是因为他们失去了主体性。

流浪救助工作的价值就是看见并激发他们的主体性，而激发他们主体性的前提就是理解和接纳他们的"非正常"行为，这是助人的难点，更是重点。流浪者是需要被帮助的人，他们的过往与我的助人行动无关，作为助人者，我需要保持价值中立与非批判的原则，倾尽全力、心无旁骛地帮助他们渡过难关。

正是我个人的深刻反思，带给我全新的认识，也使我能够更加顺畅地去进行深入的访谈。每一个生命都需要被尊重，每一个故事都值得被倾听。每一次口述史访谈，都不是我一个人完成的，而是我和流浪者共同创造的一次相遇。在他们的生命历程中，我感受到了强烈的爱，感受到了对生命的尊重，以及对生活与生存的别样诠释。

但随着访谈和撰写工作的深入开展，我越来越感到纠结：作为一名救助社工，我的关注点更多聚焦在流浪者个体的生命故事里，而常常忽略了流浪者家人的感受，乃至他们内心的苦痛。伴随着这种难以化解的纠结，我觉得必须停下来，缓一缓。

我联系了中国出版集团东方出版中心的图书编辑周心怡，她是我的小说《城市隐者》的责任编辑，也是我这本口述史的责任编辑。我向她表达了我的纠结，心怡建议可以考虑用多元视角来写：以家人的视角，去呈现流浪者的生命故事。

　　我茅塞顿开，选择了流浪者家人中的一位姐姐阿清，也是家中的长姐，进行深度访谈，结合我们鼎和社工团队的救助过程，去还原流浪母女仨的回家之路。

　　她的妹妹因为精神障碍，带着两个年幼的女儿反反复复离家出走，经常音信全无，给家人带来了极大的困扰与担忧。最终，作为长姐的阿清，放弃了在外打工的机会，返乡全职照顾妹妹母女仨，才终止了妹妹母女仨的流浪生活。

　　虽然我一直在持续回访这个流浪家庭返乡后的情况，经常跟姐姐阿清联系，但访谈的过程却很艰难，原因在于她要全天候照顾妹妹一家人。基于她的时间有限，所以我们只有在晚上才有时间详聊。她识字不多，不太会打字，只能用语音交流，我们不能聊太久，以免影响她妹妹一家人的休息。

　　后来，我想到一个错峰交流的办法：我把我要了解的内容列成提纲，逐一用语音集中发给她，她有时间的时候，再慢慢用语音回复给我。

　　所以，姐姐阿清回复语音的场景多种多样：有时是在稻田里忙碌的间隙，有时是在院子里洗衣服的空当，有时是在送孩子们上学回来的路上，有时是在一大早做早餐的时候。

　　集中访谈的那段时间，当我点开她的微信，会发现有几十条语音留言。我一个个点开，小心翼翼地记录下来，生怕遗漏一条。我能够体会到，她妹妹一家人的归途，是她用自己柔弱的肩膀扛下来的。

在我们所有人的成长历程之中，能拥有一位大姐，无疑是幸福的。每一个家庭里的大姐，都为各自的大家庭倾注了自己力所能及的关怀和爱。只是很多时候，身处其中的人没能有所察觉，或者自认为理所应当。

进而，我又增加了一个从妹妹慧慧视角写的篇章《妹妹的50天陪伴》。慧慧的姐姐因为生活变故失联11年，在政府救助部门和社工、志愿者的联系下，她和爸爸、侄子从云南赶到广州，陪伴姐姐在广州整整50天，才终于等来姐姐的那句话："妹妹，我们回家吧！"

在这些不离不弃的家人身影之中，女性占据了非常大的比重，十年的流浪救助工作中，我遇到过千里寻子的妈妈、甘愿奉献的姐姐、苦苦陪伴的妹妹。在不为人知的角落里，妈妈、姐姐或妹妹的角色彰显出温情而澎湃的力量，融化流浪者内心的坚冰，演绎着一个又一个久别重逢的团圆故事。

同时，我又增加了社工和志愿者视角的六个章节，将流浪救助故事的发生地从广州延伸到上海、长沙、金华、东莞，让流浪者群体故事背后的"政府主导、社会参与、科技赋能、慈善助力、合力救助"服务格局，能够更全面而真实地呈现出来。

我首先联系了上海流浪者新生活团队的负责人金建，2024年3月，我和鼎和社工团队伙伴马海潮专程到上海拜访了金建。

那是一个周日的下午，他在完成当天的流浪者探访活动之后赶过来与我们见面。这是我和他第一次见面，金建重点介绍了他们团队在聋人寻亲方面的探索，成效显著，已累计帮助13名聋人寻亲成功。

紧接着，我又访谈了东莞市大众社会工作服务中心、金华市悦欣社会工作发展服务中心、湖南麓山枫社会工作服务中心、让爱回家广州志愿服务总队等长期致力于流浪救助服务的公益团队，让流浪者生命故事的触角，涵盖高龄长者、流浪未成年人、流浪精神病人、流浪聋人等特殊群体。

综上所述，这本口述史书稿的写作过程是个发现的过程，我发现了流浪者个体的永不言弃、流浪者家人的不离不弃、社工和志愿者的温暖相伴，以及政府救助力量无微不至的关爱。

这本口述史书稿的写作过程也是个看见的过程，我看见了跨部门、跨领域、跨地域、跨时空的尊重、理解、包容、接纳。发现和看见的过程重新构建起人与人、人与家庭、人与社会、人与自我的联结。

故事里，有政府救助部门的社会担当，有各方社会力量的默默坚守，有流浪者家人们的不离不弃。故事里，有高龄长者的养老安置，有流浪家庭的雨后彩虹，有流浪聋人的寻亲之路，有父子之间的冰释前嫌，有就业帮扶后的峰回路转。

感谢民政部培训中心、广东省民政厅、广州市民政局、广州市天河区民政局、广州市海珠区民政局、广州市番禺区民政局、广州市白云区民政局、广州市南沙区民政局和广州市救助管理站、广州市救助管理站市区分站、广州市番禺区救助管理中心、广州市花都区救助管理站、广州市从化区救助管理站、广州市增城区救助管理站、东莞市救助管理站、上海市救助管理站、长沙市救助管理站、石家庄市救助管理站、成都市救助管理站、金华市救助管理站、梧州市救助管理站、滨州市救助管理站，正是因为政府主导下社会力量参与救助服务的蓬勃发展，让我有勇气去回望、去书写。

感谢广东省社会组织总会、广东省社会工作师联合会、广州市慈善会、广州市社会工作协会、广州市社会组织联合会、广州市志愿者协会和抖音寻人、北京缘梦公益基金会、广东省钟南山医学基金会、广东省千禾社区公益基金会、广东省丹姿慈善基金会、广东省城镇化发展研究会、广东省室内环境卫生行业协会、广东省再就业与创业发展促进会、广州市小鹏公益基金会、广州市悦尔公益基金会、广州市创意经济促进会、广州市暖加公益促进会、广州市穗星社会工作服务中心、广州市白云区天星社会工作服务中心、广州市花都区启明社会工作服务中心、广州市艾华社会工作服务中心、广州市增城区立善社会工作服务中心、广州市白云区善得居家养老服务中心、广州市同创清洁服务有限公司、东莞市让爱回家公益服务中心、东莞市大众社会工作服务中心、韶关市蜗牛公益互助会、中山市启创社会工作服务中心、金华市悦欣社会工作发展服务中心、梧州市民生社会工作服务中心、滨州市海燕社会工作服务中心、湖南省麓山枫社会工作服务中心、张掖市鹏程社会工作发展服务中心、上海流浪者新生活团队、让爱回家广州志愿服务总队等单位和公益团队的大力帮助。

感谢广州大学副教授汤秀娟、广州市团校（志愿者学院）讲师王静、广东警官学院副教授姜立强、华南师范大学讲师彭杰、广州城市职业学院教授张晓琴、广州科技贸易职业学院副教授刘忠、东莞理工学院副教授王海洋、广东轻工职业技术学院讲师任洁璐、广州华商职业学院讲师温云油、广东白云学院客座讲师张舟、广州城市职业学院客座讲师戚干舞等专家学者的学术支持。

感谢广州公益慈善书院的陪伴与影响，让我抱着行动研究的理念与尝试，凝望他人的生命故事，感知自己的喜怒哀乐。感谢几年时间里陪伴我们 MPS 班 2016 级学员一起成长与探索的诸位导师：朱健刚、刘小钢、古南永、蔡禾、柯倩婷、周如南、景燕春、武洹宇、胡小军、陈舒、夏林清、顾远、聂铂、曲栋。感谢一起走过难忘时光的 MPS 班各级院友，你们的公益践行，始终是我学习的榜样。

感谢上海流浪者新生活团队负责人金建、湖南省麓山枫社会工作服务中心项目主任胡晓君、金华市悦欣社会工作发展服务中心主任刘欣和一线社工蒋文艳、东莞市大众社会工作服务中心项目主任熊军民、让爱回家广州志愿服务总队队长刘富旺的鼎力支持，是你们的支持使流浪者的归途蕴含着更加多元的社会力量。

感谢广州市南沙区民政局副局长印锐、广东省城镇化发展研究会会长咸伟川、湖南省三诺糖尿病公益基金会秘书长李文解、广州日报报业集团《老人报》记者梁立然对书稿的进一步完善和献力献策。

感谢我们鼎和社工团队的小伙伴们，虽未一一具名，但每一个故事里，都有着你们坚韧的身影，那一段段披星戴月、披荆斩棘的时光，值得我们团队所有人久久珍藏。

感谢宁夏大学民族与历史学院副教授景燕春老师抽出宝贵的时间，全文审阅初稿，并给出专业的整体修改建议，让我的困顿与纠结迎刃而解。

特别感谢浙江大学社会学系教授、广州公益慈善书院创院院长、广东省千禾社区公益基金会创始人朱健刚老师，为本书作序，"让春天真正抵达那些长久等待的角落"。

更要感谢口述史篇章里所有亲历者始料未及的相遇，那些相遇，以及那些相遇背后的温暖与陪伴，演绎了一段段动人的故事。

让漂泊的心不再流浪。

让角落里的人看到春天。

王连权

2025 年 2 月于广州市番禺区南浦岛